新雅中文教室

U0106269

活捉錯用詞

宋詒瑞　著

新雅文化事業有限公司
www.sunya.com.hk

總序

我們都知道，原始的建屋辦法，是用一塊塊磚，黏合了水泥砌成豎立的牆，然後一面面的牆才能構成一間屋一座樓房。我們的中文寫作也是這樣：先認識一個個單字（磚），單字能組合成一個個有意義的詞（牆），再把這些詞按照一定的語法規則組合，就成了一個個完整的語句，語句成篇就是一篇文章（房屋）了。

所以我們要先學會單字，了解它們的真正意義；然後再知道哪些單字能相互組成有意義的詞匯，學會了這些詞匯，我們就能造句了。可是，這些詞匯不能胡亂擺放的，句子要有一定的組合規則，不符合規則的句子（病句）會使別人看不懂作者的意思，甚至會產生誤解。

為了提高同學們中文寫作能力，消滅在用字、組詞、造句方面的錯誤，我們特意推出《活捉》系列一套三本──《活捉錯別字》、《活捉錯用詞》、《活捉錯語句》。

在《活捉錯別字》裏，孫家兄弟以《西遊記》中的英雄人物孫悟空為榜樣，學他為民捉妖，與父母聯手從日常生活運用

的文字中捕捉出一個個錯別字，分析人們用錯原因、學習正確用法，這樣是從根本上打好寫作的基礎。假如你在買早點的店舖見到「新鮮麵飽」，在報上讀到「綿花糖」、「除紋平縐」的廣告，可能並不覺得有什麼不對。這是因為有些錯字人們用得太普遍了，成了約定俗成的別字；而有的錯別字在外形和意義上實在太相似了，使你眼花繚亂，一時分不清。書中就會告訴你，這些字錯在哪裏，為什麼錯，應該怎麼用。

後來，孫家活捉文字妖的精神更感動了孫悟空，使他毅然現身投入孫家的活捉活動。他的參加給大家帶來很大歡樂，如何有趣？請看看這本《活捉錯用詞》吧！此外，《活捉錯語句》也有很多精彩的故事呢！

我們要從單字到詞語到語句，一步步深入來捕捉出同學們平日寫作時容易犯下的錯誤，引導大家正確運用語言文字來表達自己的思想。希望孫家一家四口和孫悟空的努力，能幫助你更認識到中國文字之美，更精確運用中文，把文章寫得更好！

宋詒瑞

二〇二一年一月

目錄

總序 ——————————————————————————— 2

引子 ——————————————————————————— 6

音形義相近而致錯

1 「垂涎三尺」還是「唾涎三尺」？ ——————— 10

2 生活必需品必須具備 ——————————————— 16

3 舐犢才情深，可不能牴犢啊！ ————————— 22

4 兢兢業業、任勞任怨的好媽媽 ————————— 28

5 不厭其煩的講解令人茅塞頓開 ————————— 34

6 鶩跑得遠，還是鶩跑得遠？ ——————————— 40

7 拾金不昧是不想嘗嘗味道？ ——————————— 47

8 聲色俱厲地鼓勵他要再接再厲 ————————— 52

9 是濫竽充數不是爛芋頭 ————————————— 59

10 連篇累「牘」的莘莘學子真辛苦 ——————— 65

詞語練習 1 ——————————————————————— 72

理解錯誤而致錯

11 排球不能正中下懷 —————— 76

12 入木三分不是真的入木嗎？ —————— 81

13 始作俑者作的不是好事 —————— 87

14 別具匠心的製作不是別有用心的啊！ —————— 92

15 三人團結成不了虎 —————— 97

16 不要用錯敬辭和謙辭呀！ —————— 102

詞語練習 2 —————— 111

不同地區的不同詞意

17 「恨」嫁是願意還是不願意出嫁？ —————— 114

18 要我檢討工作是窩心事嗎？ —————— 119

19 「出貓」的時候並沒有貓跑出來 —————— 123

20 俺們是誰呀？ —————— 128

詞語練習 3 —————— 133

尾聲 —————— 135

詞語大挑戰 —————— 136

參考答案 —————— 140

兢兢
業業　正中下懷 三人成虎 舐犢
檢討 濫竽充數 窩心 情深

引子

　　夜深人靜，孫家大小都已進入夢鄉，家俊家傑兄弟倆也睡得正香。忽然，一陣喀喀喀的笑聲驚醒了哥哥家俊，他睜開朦朧的睡眼望去，忽見放在書桌上的那本《西遊記》閃閃發光，書頁在自動一一翻開！

　　家俊翻身下牀，叫醒弟弟：「家傑，快醒醒，快醒醒！」

　　家傑懵懵懂懂地睜開雙眼問道：「什麼事呀？不讓人睡了？」

　　家俊在家傑耳邊悄聲說：「發生了怪事，你看！」

　　家傑隨着哥哥的手指看去，只見桌上的光亮成圓圈，越來越大、越來越亮。忽地，從《西遊記》書本中跳出一個身披黃金甲、手持金箍棒的傢伙！家傑驚喜得大叫：「這不是齊天大聖孫悟空嗎?!」家俊驚訝得目瞪口呆，自言自語道：「啊，孫大聖來了！」

　　孫悟空大笑着向前一步，拱手施禮道：「兩位小兄弟，請受俺悟空一拜！」

　　家俊鎮靜了下來，迎上去說：「不敢不敢！大聖來到，歡迎歡迎！不知有何貴幹？」

孫悟空說：「今日俺確有事來請兩位相助。」

家傑笑道：「大聖，你本領高強，無所不能，我們能幫你什麼呀？」

孫悟空說：「俺悟空深愛中華文化，已在花果山為俺一羣小猴們開辦了中文學習班。幾年前，俺有幸進入你們家庭的《活捉錯別字》一書，眼見孫家全體上陣，從日常生活中活捉了不少錯

別字，此書實用，對俺學生幫助很大。俺才疏學淺，教學中也遇到不少疑難問題。為此，俺想來你孫家培訓一段時間，充實自己。」

家俊説：「大聖太客氣了。正巧我們最近在考慮繼續我家的『活捉』活動，這次要捉出平日生活中常用錯的一些詞語，你有興趣的話可以來和我們一起做。」

悟空喜笑顏開：「太好了！這正是俺想要的。俺會帶一些小猴們學習上的問題來向你們討教。」

家傑説：「有大聖的火眼金睛，一定能捉到很多妖魔詞語，我們要學習你的捉妖精神，一起消滅它們！」

於是就這樣説定了。跟以前一樣，每個周末晚上聚會一次，討論大家捉到的錯用詞語。兄弟倆明天告訴爸爸媽媽。孫悟空道謝後，一個筋斗翻進書裏不見了。

第二天爸媽知道這件事後又驚又喜，當然是同意這位不速之客的加入。

家傑哈哈大笑：「我們的孫家班擴大了，有孫大聖的參加，這次一定戰果輝煌！」

音形義相近
而致錯

「垂涎三尺」還是「唾涎三尺」？

這個周末晚上，是孫家班活捉錯用詞的第一次聚會。

晚飯後，家俊依照約定把一本《西遊記》放在茶几上，全家人坐在客廳裏，靜靜等待着。

時針剛指到八點鐘，奇跡出現了：跟上次一樣，《西遊記》突然發出耀眼的亮光，封頁自動打開，孫悟空手持金箍棒倏地從書中跳了出來。兄弟倆已見過這情景，在一旁看着只是笑。孫爸爸和媽媽卻是被嚇了一跳，不由得喊了一聲：「喔唷！」

家俊趕忙介紹：「爸爸媽媽，這就是孫大聖，來參加我們的『活捉』活動了。」

大聖向孫爸媽雙手一抱作揖：「兩位語文大師，請收下俺這徒弟！」

孫爸爸急忙站起還禮：「不敢當，不敢當！大家一起學習吧！」

孫媽媽説：「大聖請坐吧！我真是丈二和尚摸不着頭腦了，你住在東勝神洲的花果山，少説也有一兩千里遠，怎麼過來的呀？」

家傑搶着回答：「媽媽你忘了？大聖一個筋斗就能翻過十萬八千里，這一兩千里真是小菜一碟！」

悟空笑着説：「小弟説得對，這些是小本領，不足一提。請看俺的另一招！」説着，他伸手在右耳一掏，居然捧出四個又紅又大的熟桃來！

悟空手捧鮮桃伸向孫爸媽説：「初次見面拜師，悟空沒備厚禮，只有摘下花果山上應時的這四個紅桃，請大家嘗嘗鮮，作為俺的見面禮！」

這四個大桃子看着都覺得香甜，人見人愛。家傑咂着嘴説：「哎呀，花果山上的仙桃，我看着都唾涎三尺了！」

爸爸媽媽和哥哥都望着他哈哈大笑，哥哥還指着他笑道：「你……你説什麼呀！」家傑本還以為自己這句造句用得很恰當，這下有點莫名其妙，悟空也不知怎麼一回事，呆坐着望着大家。

爸爸説：「好，我們這第一次捉錯用詞的內容有了！就從家傑開刀，活生生地捉住這怪怪的詞妖！」

家傑不明白：「難道我説錯了嗎？」

爸爸讓家俊説説弟弟錯在哪裏。

家俊説：「家傑，你為什麼説『唾涎三尺』？」

「我見到這麼好的桃子，很想吃，唾沫都要流下來了。這麼説不對嗎？」

哥哥糾正他：「不是『唾涎』，應該是『垂涎三尺』！」

悟空説：「那俺也不明白了，家傑説得好像也有道理呀，唾涎不就是唾沫嗎？」

媽媽説：「這就要請爸爸來詳細解釋一下啦！」

爸爸在準備好的白紙上寫下了「垂」和「唾」兩個字，説道：「這兩個都是動詞，但是表示不同的動作。『垂』是放下、低下的意思，譬如釣魚時要放下魚竿，叫垂釣；柳樹的枝條是

向下的，所以叫垂柳。而『唾』這個動作是用力吐唾沫，表示鄙視，唾棄就是這個意思。唾液是名詞，就是口水；『涎』也是口水，『唾涎』是一個動詞加上名詞，好比『吃飯』、『喝水』，但我們平時不這樣搭配，是不用這個詞的。成語『垂涎三尺』的意思是見到好吃的東西口水往下流，而不是吐口水，所以用的是動詞『垂』。同樣意思的還可用『垂涎欲滴』，但是不可說成是『唾涎欲滴』。明白了嗎？」

媽媽補充說：「同義詞還有『饞涎欲滴』、『流涎欲滴』。不過這幾個詞語不僅形容人們的饞相，也有一些貶義，比喻見到好東西後心中很羨慕，極想得到，有貪婪的意思。」

家傑點點頭，表示明白了。

悟空說：「但是俺見過『垂手可得』，也見過『唾手可得』

呀，那麼哪一個是錯的？」

爸爸笑道：「悟空問得好！這是個有趣的問題。誰能回答？」

兄弟倆面面相覷，都不知道。

爸爸請媽媽回答。媽媽說：「好，我來當一次大師的代言人。答案是：這兩個詞都對！」

「啊？為什麼？」三人異口同聲問道。

媽媽解釋說：「這兩個詞都表示事情很容易辦到。垂手可得，即是放下手就可以得到；唾手的意思是往手上吐唾沫，你們見過嗎？有些人在做一些需要用大力的事情之前，先吐一口口水在手上，兩手互相擦一下，說『好，我來！』這樣摩拳擦掌地準備去幹的事，那當然就成功了。」

媽媽的解釋很風趣，大家聽了都笑了。家俊補充說：「這樣看來，『唾手可得』比『垂手可得』要辛苦一些。」他的補充更引起了一陣大笑。

悟空很高興地說：「哈，今天俺學到了不少，真是有趣的一課啊！」他心滿意足地告別了大家，一個筋斗翻得無影無蹤，看得爸爸媽媽目瞪口呆。

字詞檔案

重點字詞

垂涎三尺

意思：形容看到美食就流下口水很想吃，也比喻對他人的好
處境或好東西非常羨慕，很想得到。

例句：媽媽煮了一桌豐盛的年夜飯，看得我們**垂涎三尺**，食
指大動。

補充字詞

垂 粵 誰 普 chuí

部首：土

意思：1.（動詞）東西的一頭向下、低下、放下。

2.（書面語）流傳。 3.（副詞）將近。

組詞：下垂、垂直、垂頭喪氣；永垂不朽、名垂千古；
垂暮、垂危、功敗垂成

唾 粵 to³/ toe³ 普 tuò

部首：口（口）

意思：1.（動詞）吐唾沫。 2.（名詞）吐沫、口水。

組詞：唾棄、唾罵、唾手可得；唾液、唾液腺

生活必需品必須具備

下一周的捉妖會上，孫悟空照例地跳出跳入，孫爸爸媽媽也不吃驚了。

這次，家俊在會前就向當會議主席的爸爸説，他有一個重要的詞希望在會上討論，主席同意了。

孫悟空又帶來了兩個大桃子，家傑手捧大桃道謝後説：「我看見鮮紅的大桃饞涎欲滴，立刻垂涎三尺。爸爸，我説得對不對？」

爸爸伸出大拇指誇道：「兩個詞都用對了，但是這兩詞是近義詞，意思相仿，其實你只要用其中一個就夠了。有時用了太多相同意思的詞語來形容，反而會使人覺得累贅。」

媽媽説：「對呀，有一次我讀到一個中學生的作文，他在描述公園景色時用了一大串四字詞語：説花朵千姿百態、五顏六色、萬紫千紅、百花爭豔、滿園春色……看得我眼花繚亂，反而

不覺得美。」

家傑問道：「寫作文是不是必須要用些成語的？老師說這樣才能使文章很美。」

爸爸回答道：「使用成語是一種修辭的方法，要看需要，不是必須的。言簡意賅的成語用得恰當，能使文章簡練明白，當然很美。但是用得過多效果倒會適得其反，像媽媽剛才舉的例子那樣。」

家俊忽然咯咯咯地笑了起來，說：「你們剛才說的一番話，正是帶出了我今天想拿出來討論的題目了！」

悟空問道：「討論成語用法？」

「不是，」家俊說，「大聖，請你把這句話寫下來：『作文時使用成語不是必須的，要看是否需要。』」

孫悟空拿起筆來躊躇了一會兒，說：「俺明白了，你今天要討論的兩個詞是『必須』和『必需』！這兩個詞俺總分不清，今天想弄個明白。」

家俊高興地說：「大聖說得對！昨天老師把一篇作文貼堂，文章中王同學回顧了他爸爸小時候的貧困日子，說那時他爸爸家

很窮，沒錢給他買雨靴，所以他最怕下雨天，因為一下雨他只能穿着平日的布鞋上學，雙腳濕漉漉的要忍受一天，非常不舒服。但是現在家境好轉了，凡是生活必須品，王同學的爸爸都會給他買，不讓他感到生活上的不方便，所以他覺得現在的生活非常幸福。文章寫得不錯，令人感動，但我覺得有個詞好像不太對，我把文章拍了下來，你們看，哪個詞有問題？」

悟空一眼就看了出來：「是這個！應該是『生活必需品』，不是『必須品』！」

媽媽說：「對！『必須』和『必需』，這兩個詞不僅僅是學生，我們大人也常常用錯。」

悟空說：「請大師指點一下。」

爸爸寫下了「必須」和「必需」兩個詞，說：「這兩個詞的讀音一樣，意思也非常相近，所以大家常常用錯，今天我們來弄個明白。『必須』是一定要的意思，語氣很肯定，強調一件事的必要性，也帶命令的語氣，譬如說：『你明天必須來』、『孩子必須上學』。從語法上也很易區別，『必須』是個副詞，後面一定跟着動詞，就像上面說的：必須來、必須上學。懂了嗎？」

悟空説：「這很清楚了，那麼『必需』呢？」

爸爸接着説：「『必需』是形容詞，後面一定跟着名詞，表示一定要有的、不可少的東西，譬如：『柴米油鹽是媽媽煮飯的必需品』、『水泥和鋼材是建屋必需的建材』。」

媽媽説：「其實説到底，是要弄清『須』和『需』兩個字的不同。『須』強調一定要怎麼怎麼做，如『須知』、『務須準時來到』；『需』指的是需求，如『需要』、『軍需品』。」

家俊手指着紙上爸爸寫下的這兩個字，搖頭晃腦一字一板地説：「須知生活中需要哪些必須有的用品，我們必須具備所有的生活必需品。」

爸爸讚道：「你總結得真不錯啊，看來你完全明白了！」

字詞檔案

重點字詞

必須

意思：（副詞）一定要（帶命令口吻）。

例句：周末之前你**必須**完成這項工作！

必需

意思：（形容詞）一定要有的、不可少的。

例句：供水系統是種植水稻**必需**的設備。

補充字詞

須 　粵 雖　普 xū

部首：頁

意思：1.（副詞）一定、必要。

　　　2.（與「臾」連用，名詞）極短的時間。

組詞：必須、須要；須臾

需 　粵 雖　普 xū

部首：雨

意思：（動詞）需要、需有。

組詞：需求、軍需品、按需分配

舐犢才情深，
可不能牴犢啊！

這次，孫悟空早早就向孫爸爸這位主席報上了討論題目，所以他興沖沖地帶着一些學生作文趕來。

「好，今天我們來看看花果山學生的作品。」爸爸問悟空，「有什麼有趣的問題給我們討論嗎？」

「有！」悟空翻出幾頁紙來，「俺家族的一位高齡猴媽媽最近生下了一個精靈的小猴兒，全家高興得圍着這猴嬰兒轉。猴媽媽更是整天抱着猴兒不肯放手，不是餵奶就是把嬰猴的全身毛髮舐啊、摸啊，梳理得光溜溜的。上星期的自由命題作文課上，好幾個學生寫了這件事，都寫得很有趣。」

爸爸翻閱着這些作文，説：「你這羣小猴兒的中文水平不錯呀，瞧這些字都寫得很整齊啊！」

悟空説：「這次令俺高興的是，上次回去給學生們講了如何運用成語後，這次他們在作文中都用了一些成語和四字詞語，文章就好得多了。但是有一個詞，居然出現了多種版本，請看！」

悟空在紙上寫下了：

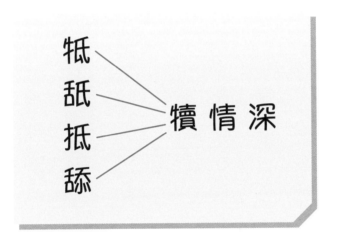

家傑叫道：「這些都是什麼字啊？我都不認識。」

媽媽笑着説：「看來花果山的小猴學生比你厲害啊，懂得運用這句成語！」

爸爸問家俊：「你知道這句成語嗎？應該用哪個字？」

家俊抓抓腦袋，猶疑地説：「好像是形容父母愛孩子的，但是不知道頭一個是什麼字。」

悟空説：「俺知道第二個字是正確的，應該是『舐犢情深』

（舐犢，粵音徙[5]讀），但是其他幾個為什麼錯，俺就說不好了。」

爸爸開始講解：「你們在動物園裏常常會見到一些大動物把仔仔擁在懷裏，為牠們梳理毛髮，用舌頭清潔牠們全身。這句成語就是描寫滿懷母愛的牛媽媽對初生的小牛犢舐呀舐的，也用來比喻父母對子女的愛，家俊說對了。小猴們分別用的這四個字，它們都是動詞，其中的『舐』和『舔』是同義字，都是用舌頭接觸物體的動作，『舔』是口語字，『舐』是書面語言，所以成語中用的是『舐』。而另外兩字的意思就完全不同了。『抵』和『牴』都有對抗、抵觸的意思，而『牴』更是形容動物的打鬥，你們都見過兩隻公山羊用頭上的角頂着互不相讓的情景吧？」

家傑笑道：「對呀，有一個故事就是說兩隻山羊在橋上頭頂着頭，誰都不肯讓路，結果都掉到河裏去了！」

悟空說：「這下俺明白應該怎麼對學生解釋了。假如寫錯了字，變成牛媽媽去撞自己的孩子，意思可就完全相反了。多謝大師！」

孫媽媽補充說：「我來講講這個成語的出處吧。三國的曹操生性多疑，他手下的主簿楊修非常聰明，多次猜到曹操的心事，譬如你們知道的大門上寫個『活』字，就是表示曹操嫌新居的大門太闊了；點心盒子上寫個『合』字，是曹操讓大家每人吃一口的意思。楊修為人太張揚，賣弄自己的聰明才智，使得曹操很嫉恨他，找個藉口把他殺了。後來曹操見到楊修的父親，問他為什麼這麼瘦了？楊父回答說『我還是有老牛舐犢的情懷的呀！』以此委婉地表達了喪子之痛。所以這個成語也被說成是『舐犢之愛』。」

悟空高興地說：「今天學到了辨字知識，又聽了歷史故事，真是大豐收啊！」

重點字詞

舐犢情深 （舐犢：粵 徙[5] 讀　普 shì dú）

意思： 老牛對小牛犢的親密舉動（用舌舔小牛全身），比喻
父母對子女的慈愛。

例句： 飢餓的鳥媽媽好不容易找到一條蟲子，牠含在嘴裏飛
回鳥巢去餵新生的雛鳥，真是**舐犢情深**啊！

補充字詞

舐 粵 徙[5]　普 shì

部首： 舌

意思：（書面語，動詞）用舌頭舔的動作。

組詞： 老牛舐犢、舐犢之愛

舔 粵 添[2]　普 tiǎn

部首： 舌

意思：（動詞）用舌頭接觸物體，同「舐」。

組詞： 舔食

抵 粵底 普 dǐ

部首：手（扌）

意思：（動詞）支撐；對抗；相當；到達。

組詞：抵擋；抵抗；抵償；抵達

牴 粵底 普 dǐ

部首：牛（牜）

意思：（與「牾」或「觸」連用，動詞）對抗；矛盾。

組詞：牴牾；牴觸

4

兢兢業業、
任勞任怨 的好媽媽

今天的討論會上要談的是家傑的一篇作文。

家傑手拿着自己的一頁作文紙説：「上星期我們作文課的題目是寫自己的媽媽，老師説我寫得不錯，但是有兩個別字，讓我自己挑出來改正。我自己看了幾遍都找不出來，所以請大家幫忙。」

爸爸對家俊説：「讓做哥哥的先來找！」

家俊拿起作文紙讀了一遍，馬上説：「我找出一個——『兢兢業業』的『兢』（粵音京）寫成『競賽』的『競』（粵音勁）了！」説着，他在白紙上寫下了「兢」字。

家傑望着「兢」字説：「錯在哪裏呀？這兩字不是一樣的嗎？」

媽媽笑道：「你總是那麼粗心大意！仔

細看看，很不同呢！」

家傑拿起紙來端詳了一會兒才說：「哦，一個上面是『立』字，一個上面是『十』字。我只學過『競賽』的『競』字，沒見過這個『兢』字呀，是什麼意思呢？」

悟空插嘴道：「俺也沒留意過有這個『兢』字呢，要是俺來寫，也會寫成『競競業業』的。」

家傑見大聖這麼同聲同氣，高興得和他互擊一掌。

爸爸要家俊解釋，家俊搖搖頭：「我只知道『兢兢業業』形容做事很認真，但是這個『兢』字是什麼意思，就不知道了。」

爸爸說：「這『兢』和『競』兩字的確很相像，發音也相似，但是意思不同、用法不一樣。『競』字的意思大家都很熟悉，是比賽的意思，我們常用『競選』、『競爭』這些詞；『兢』字不單用，通常就用在『兢兢業業』這句成語中，形容做

事小心謹慎、非常認真的樣子，典故出自《詩經》中形容東晉的一位好官陶侃（粵音罕）的辦事作風。家傑明白了嗎？所以寫的時候要小心這字頭上是個『十』字，不是『立』字。」

家傑説：「這個字明白了。那還有一個寫錯的字在哪兒呢？」

悟空舉手説：「俺來找！是這個『忍勞忍怨』的『忍』字用錯了，應該是『任』字。俺的學生也曾經有過這種情況。」

家傑感到奇怪：「説媽媽能忍受勞苦，也能忍住別人的怨言，不就應該用這個『忍』字嗎？」

媽媽笑道：「你把寫錯字的歪理還説得頭頭是道呢！」

爸爸説：「家傑的想法説明了他為什麼會寫了別字，聽起來好像有些道理，實際上是不了解『任』字的多種意思。我們常把『任』字用於『擔當、不論、聽憑』等的意義方面，譬如『任命、委任、任職、任務、任何、任憑』等常用詞語；大家忽略了『任』還有一層意思是『承受』，這就和『忍』的意思相像，但是這詞句是出自《漢書》中的『任其怨勞』、『任天下之怨』，所以成語就以『任勞任怨』流傳了下來，我們不能隨意改動啊！」

孫悟空聽得連連點頭説：「原來是這樣，現在俺知道應該怎

樣向學生解釋了。」

　　媽媽對家傑説：「你在作文中用了這些詞語來描寫我，把我説得這麼好啊？」

　　爸爸説：「這兩個詞家傑用來形容媽媽真是很恰當的，媽媽又要去公司上班，又要照顧家中的一切大小事務，從不喊苦也從不埋怨，全家要數媽媽最辛苦了！」

　　家傑向媽媽伸出大拇指：「我們的媽媽是兢兢業業、任勞任怨的好媽媽！」

重點字詞

兢兢業業 （兢：粵 京　普 jīng）

意思：做事十分小心，謹慎勤懇、認真負責。

例句：張師傅幾十年來**兢兢業業**做好本分工作，培養了一批又一批徒弟。

任勞任怨

意思：工作不怕吃苦勞累，也不怕招人埋怨。

例句：都說做宿舍管理員的工作吃力不討好，很難讓人人滿意，但是老王**任勞任怨**，埋頭苦幹，博得眾人一致好評。

補充字詞

競 粵 勁　普 jìng

部首：立

意思：（動詞）比試高下、爭取優勝。

組詞：競賽、競技、競爭、競走

兢 粵 京 普 jīng

部首：儿

意思：（「兢兢」連用，形容詞）小心謹慎。

組詞：兢兢業業、戰戰兢兢

任 粵 妊（jam⁶） 普 rèn

部首：人（亻）

意思：1.（動詞）擔當；聽憑；承受。

2.（副詞）不論，無論。

組詞：委任、擔任、任憑、任意；任勞任怨

忍 粵 隱 普 rěn

部首：心

意思：（動詞）承受。

組詞：忍耐、忍讓、忍受、忍無可忍

不厭其煩的講解
令人茅塞頓開

今天的討論會上爸爸首先説：「今天由我來捉兩個錯用詞語吧！」

大家鼓掌叫好，悟空説：「大師捉到的肯定是高質量的！」家傑更是向爸爸大拇指一伸，説：「大編輯出馬，一頂倆！」

爸爸絮絮道來：「有一位年輕作者投了一篇稿件來，我讀後覺得他很有創意，文章的立意和寫作風格都很新穎，值得鼓勵。但是，可能是他的語文基礎不夠好，寫作經驗也少，所以文章還有很多需要改進的地方，譬如段落的安排、語句的通順、修辭的運用等等……」

家俊插嘴説：「好哇，爸爸把這些拿來都給我們講講吧！」

爸爸説：「別着急，怎樣寫好作文的事，我們以後有機會慢慢講。今天我要捉出來的是兩個詞……」説着，爸爸拿出一張信紙，展開後繼續説：「我請他來到編輯部，和他談了一個小時，

詳細分析了文章中的問題，建議他修改後再給我看看。後來他果然修改得很好，我們便採用了。為此，他給我寫了這封信，感謝我對他的幫助。有趣的是，信中有句話被我捉到了兩個錯用詞，可能是他粗心大意寫錯的，但是很值得今天拿來給大家説説。」

　　大家都好奇地伸過頭去，看看這位年輕作家究竟寫錯了什麼詞。

　　爸爸指着信紙上用紅筆圈出的一行字説：「看，『……您對我不勝其煩（勝，粵音升）的講解使我矛塞頓開……』，這裏有很明顯的兩字用得不對，一個是用錯了成語；另一個是別字。誰能指出來解釋一下？」

　　看懂了的媽媽在一旁掩嘴偷笑，其餘三人還在思考。

　　悟空先開口：「俺知道不應該用『矛盾』的『矛』字，該是草字頭的『茅』，『茅塞頓開』。『不勝其煩』這個成語是有

的,但具體的意思俺不太明白。」

爸爸説:「不錯,捉住了一個。家俊和家傑,你倆呢?」

家傑搖搖頭。家俊舉手道:「我想出來了!還有一個説法是『不厭其煩』,是不是應該用它?」

「為什麼呢?解釋一下。」爸爸追問。

家俊連連擺手:「『不厭其煩』是很耐心的意思,『不勝其煩』……我就不知道這裏的『勝』字是什麼意思。」

媽媽説:「也不錯了,還是被你捉了出來。解釋,那是爸爸的事了。」

爸爸説:「『勝』字在普通話裏只有一個讀音,但在粵語裏則是個多音字,『不勝』的『勝』應讀成『升』,『勝利』的『勝』才讀『姓』。我知道通常大家都把『勝』字理解為『贏』,打仗勝了,打官司勝了等等,沒留意到它還有『承擔、承受』的意思,所以『不勝』就是不能忍受,『不勝其煩』即是煩雜得使人受不了,它出自宋朝詩人陸游筆記中的一句話:『於是不勝其煩,人情厭患』,説他厭煩世俗的人情世故。」

家俊笑道:「這位作者正好把意思説反了,其實應該説爸爸不厭其煩地幫助他。『不厭』就是不討厭,是吧?」

悟空來總結一句:「作者不勝其煩地一次次去請教孫編輯,

孫編輯不厭其煩地為他講解。」説得大家都笑了。

　　爸爸轉移了話題：「另外一個錯處被悟空捉對了。要描述自己忽然領悟了、明白了，應該是用『茅塞頓開』，草字頭的『茅』是茅草，原來心裏好像被茅草塞住，現在被打開了、通暢了。用了『矛盾』的『矛』字就説不通了。我想他這是手誤。」

　　媽媽説：「是啊，能寫出讓大編輯欣賞的文章的人，不應該犯這樣的錯誤。」

　　家傑説：「我來總結一句：編輯不厭其煩的耐心講解，使作者茅塞頓開。」

　　「好！」大家齊聲喝彩。

重點字詞

不勝其煩 （勝：粵 升　普 shèng）

意思：煩雜紛亂得使人受不了。

例句：兩個孩子吵得他**不勝其煩**，便躲進書房去看書了。

不厭其煩

意思：不嫌麻煩，形容修養好，有耐心。

例句：明華不會做那道算術題，哥哥**不厭其煩**地一次次給他講解。

茅塞頓開

意思：比喻想不通時好像心中被茅草堵塞了，受到啟發後馬上領會了某種道理，思想豁然開朗。

例句：明華本來不會做這種數學題，哥哥教了他一個竅門之後，他**茅塞頓開**，立刻學會了。

補充字詞

不勝 （勝：粵 升　普 shèng）

意思：1.（動詞）承擔不了、不能忍受。

2.（動詞）不能做、做不完。　　3.（副詞）非常。

組詞：體力不勝、不勝負擔；防不勝防；不勝感激

不厭

意思：（動詞）不厭煩、不排斥。

組詞：不厭其詳、兵不厭詐

茅　粵 矛　普 máo

部首：艸（＋＋）

意思：（名詞）多年生草本植物，花穗上密生白毛，葉可造紙，根入藥。也叫白茅。

組詞：茅草、茅廬、茅舍

矛　粵 茅　普 máo

部首：矛

意思：（名詞）古代兵器，長杆一端裝有銅或鐵製的槍頭，進攻武器，與防禦武器盾相對。

組詞：矛盾、矛頭

鶩跑得遠，
還是 **鶩** 跑得遠？

這次輪到媽媽公布她捉到的錯用詞語了。

媽媽也拿出一張複印紙，開始説道：「我們公司最近有一個發展項目需要大家出謀劃策，主管把我們分成三個小組，一周後交出發展計劃。主管對三個小組的計劃都作了批示並評了分，這些都公布了。我們小組得了七分，評語還不錯。但是有一個小組的計劃只得了三分，評語中有一句説是『目標太大，好高鶩遠，不切實際……』請看看其中哪個詞用錯了？」

家俊首先開口：「這個句子的用字中只有這個『鶩』字比較特別，其他的字都很普通，那就是説這個字用錯了？」

爸爸笑道：「看來你還很會推理啊！」

家傑接着説：「這個『鶩』字的部首是鳥，説牠喜歡飛得高高的、遠遠的，講得通呀，看來沒錯。」

媽媽說：「你又獨創你的歪理了！」

家俊反問他：「家傑，那你說哪個字錯了？」

家傑搖搖頭，說不出來。

悟空在一旁笑而不言。爸爸問他：「悟空，看來你是胸有成竹啊，說說看！」

悟空說：「好，俺來試試。俺覺得家傑的推理是對的，這個句子中錯用的肯定是『鶩』字，不會是其他字。好像應該是馬字作部首的『騖』。但是家傑說的也有道理，鳥能飛得高飛得遠，『好高鶩遠』，用鳥字作部首的『鶩』不也可以嗎？」

媽媽笑道：「大聖真有辦法，兩邊都誇了一通，不傷和氣！」

悟空趕緊搖手解釋：「不，不，這真是俺的想法，這說明俺也不太清楚，要請教大師。」

爸爸說：「你們兩人都說對了。這裏是應該用馬作部首的『騖』，是『好高騖遠』，而不是那位主管寫的『好高鶩遠』。

因為『鶩』是馬快跑，比喻追求過高或過遠的目標。《宋史》裏記載有些學者不注重現實而好高騖遠，所以一事無成。家傑的理解很有趣，但是錯在不知道『鶩』字的意思，它不是指鳥，而是野鴨子。你們去過農村，見過鴨子嗎？鴨子總是成羣一起行動，或是在河中游，或是在岸上搖搖擺擺地走。有一句成語叫『趨之若鶩』，你們知道是什麼意思嗎？」

家俊搶着回答：「知道，就是好多人趕着去一個地方，好比早上人們趨之若鶩地趕去乘地鐵上班。」

媽媽大笑，說：「你的解釋很對，句子卻造錯了！『趨之若鶩』是帶貶義的，你不能把急着去工作的人們比作一羣野鴨子！

那樣我們每天早上都是野鴨了！」

　　家俊不好意思地低下了頭。

　　爸爸為他解圍：「不能怪他，這詞本身看不出有什麼褒貶，家俊的造句說明他還是明白了詞本身的意思。把成羣湧去的人們比喻作野鴨子，是因為他們趕着去做的並不是一件好事，所以用了諷刺的手法。現在我再出一個題，看看誰能說對了。」

　　「好啊，歡迎爸爸來考考我們！」家傑說。

　　「有一句話形容人們做事專心致志，是『心無旁騖』呢？還是『心無旁鶩』？」爸爸指着在紙上寫下的「騖、鶩」兩字問道。

家俊抓抓頭皮猶疑地説：「這裏不知道應該是馬出場呢，還是野鴨子？」

大家都笑了。

爸爸説：「主張用『騖』的舉手！」家俊和家傑。

「主張用『鶩』的舉手！」悟空和媽媽。

爸爸對兩兄弟説：「你們忘了『騖』有追求的意思。這裏就是説全心全意在做事，心中沒有追求和雜念。所以應該是有馬出場的『心無旁騖』。」

家傑向媽媽和悟空舉起大拇指表示佩服。

字詞檔案

重點字詞

好高鶩遠 (鶩：粵務 普 wù)

意思： 脫離實際，不切實際地追求目前做不到的事情。

例句： 你想三年內讀完六年的中學課程，是不是有點好高鶩遠了？還是一步一步來吧。

趨之若鶩 (鶩：粵務 普 wù)

意思： 像野鴨子那樣成羣行動，比喻很多人爭着趕去某處，含有貶義。

例句： 傳銷員在聲嘶力竭地推銷那些廉價、質劣的所謂保健品，引得人們趨之若鶩，紛紛趕去搶購。

補充字詞

騖 粵務 普 wù

部首：馬

意思：1.（書面語，動詞）馬快跑，縱橫奔跑。

　　　　2.（書面語，動詞）追求。

組詞：馳騖；好高騖遠、心無旁騖

鶩 粵務 普 wù

部首：鳥

意思：（書面語，名詞）野鴨子。

組詞：趨之若鶩

拾金不昧 是 不想嘗嘗味道？

今天的聚會上，爸爸又來出考題了。

爸爸說：「有人在路上拾到一個皮包，裏面有不少錢，他馬上報了警，讓警察來處理。我們通常用什麼文字來形容這樣的行為？」

家俊搶先答道：「路不拾遺！在路上拾到別人遺留下來的東西，立刻交給警察。」

爸爸說：「對，用得很恰當。還有沒有其他說法？家傑，你知道嗎？」

家傑猶疑不決地開口說：「我好像見過另一個說法……是拾金不……不昧，是不是拾金不昧？」

爸爸問他：「哪個『味』字？你寫出來。」

家傑在紙上寫了一個「味」字。

「剛才家俊解釋了『路不拾遺』，你怎麼解釋你的『拾金不味』呢？」爸爸追問。

「就是拾到了錢，不……不嘗一下，也就是说……不自己拿走，不想知道它的味道！」

家傑的解釋使得大家哈哈大笑，媽媽指着他說：「你總是有自己的歪理！」

爸爸也笑道：「看來我們家傑的想像力很豐富啊！可以給自己自創的詞語以貌似有理的解釋。」

家俊说：「這是詭辯的手法，弟弟就是有這個本事！」

家傑向哥哥扮了個鬼臉。

爸爸轉向悟空：「悟空，你來為家傑改正吧。」

　　孫悟空雙手一抱拳：「大師面前可不敢班門弄斧！俺只知道應該是『拾金不昧』，這個『昧』字是日字部首的，不是味道的『味』。但是『昧』字的具體意思，俺就說不清楚了，還請大師指點！」悟空在紙上寫下了「昧」字。

　　「啊？是這個字？我沒學過日字部首的『昧』字啊！所以一直以為是『拾金不味』呢！」家傑說。

　　爸爸說：「難怪你會弄錯，『昧』在粵語裏其實讀姐妹的『妹』。這個『昧』字我們常用，很多人會說『真冒昧』、『昧着良心』、『愚昧無知』等等詞彙，但是我試過問人是否知道『昧』字的意思，人們通常都說不上來。」

　　媽媽點頭同意，說：「你若是問我，我也說不好呢！」

　　爸爸說：「所以我今天要選這個詞語來講。你們看，『昧』字是日字作部首的，所以它的書面本意是暗淡無光，後人引申作『糊塗、不明白』的意思，譬如『愚昧、蒙昧』；也有冒犯的意思，譬如『冒昧』……」

　　性急的家傑插嘴問：「那這兩層意思和『拾金不昧』也聯繫不上啊！是不是說拾到了別人的錢不作糊塗事不自己拿走……」

　　「哈哈哈，」爸爸笑道，「家傑說得真有趣，你這麼理解也不失為一種很有新意的解釋。但是我剛才還沒說完，『昧』字還

有一個『隱藏』的意思，所以『拾金不昧』是沒有把拾到的錢藏了起來據為己有，沒有隱瞞這件事；『昧着良心』是把自己的良知藏起來了去做壞事。」

「哦，這就明白了！」家傑恍然大悟。

「可是，我們也常說『素昧平生』，這裏的『昧』字該如何解釋呢？」媽媽問道。

「是『不明白』的意思呀，就是說一向都不認識，從來都不了解、不明白彼此。」爸爸解釋道。

「噢，俺本來還以為是『素味平生』呢，這下才明白！今天學到了不少，弄清了一直困惑自己的字。謝謝大師！時間到了，各位再見！」說着，悟空一個筋斗翻得不見了。

字詞檔案

重點字詞

拾金不昧 （昧：粵 妹　普 mèi）

意思：拾到錢財並不隱瞞，不藏起來據為己有，而是設法交
　　　　還原主。

例句：的士司機**拾金不昧**的行為受到大眾一致的讚揚。

補充字詞

昧　粵 妹　普 mèi

部首：日

意思：1.（形容詞）糊塗；不明白。

　　　　2.（動詞）隱藏、隱瞞。

　　　　3.（書面語，動詞）冒犯。

組詞：蒙昧、愚昧無知、素昧平生；拾金不昧、昧着良心；
　　　　冒昧

味　粵 未　普 wèi

部首：口（口）

意思：1.（名詞）舌頭嘗到或鼻子聞到某種物質的特性。

　　　　2.（名詞）指某類菜餚。　　3.（量詞）用於中藥。

組詞：味覺、氣味、味道；野味、海味；七味藥

聲色俱厲地鼓勵他要再接再厲

晚上八點，聚會開始，孫悟空照例地挾着筆記本一個筋斗從書中翻了出來。他興沖沖地說：「今天該俺的學生上場當主角了，瞧，俺帶來了這些資料。」

爸爸翻閱着桌上的幾頁紙說：「好，講講你們的故事吧！」

悟空說：「這次的語文考試中，俺班級的成績都不錯，但是有一個學生只得了四十分，不及格，所以沒被評上為先進班。俺和他個別談過話，了解這次考壞了的原因，知道是因為他家中發生了一些不愉快的事，影響了他的情緒。他很傷心，認為自己拖了全班的後腿，俺安慰了他，並且請全班同學每人寫幾句話送給他。你們看，這些就是同學們寫給他的話。」

一張張小紙片上用不同顏色的筆寫下了短短幾行字，有的僅僅是一句話或幾個字，但是稚嫩的字跡裏卻滿溢着濃濃的温情：

「華仔，跌倒了不怕，爬起來！」

「失敗是成功之母！」

「再接再勵，繼續前進！」

「加油！相信下次你會成功！」

「你是利害的！這次是小小失誤。」

「我們永遠和你在一起，請接受我們大家的鼓厲！」

……

大家都在翻看這些紙片。家俊首先開口：「哇，有幾個錯別字！」

悟空說：「是啊，這些話都很貼心，但是也寫錯了好幾個字。這就是俺今天帶來給大家討論的目的，請大家一起來捉捉用錯的字詞。」

爸爸對家俊說：「你先看出來，就先說吧！」

家俊說：「再接再厲，應該是『厲害』的『厲』，旁邊沒有『力』字。」

家傑不同意：「再接再勵，就是叫人繼續努力，應該有『力』字啊！」

家俊想了想說：「你說得好像也有道理，但是我學過的應該是用『厲害』的『厲』，什麼原因我就說不出來了。」

家傑指着一張紙說：「還有這裏，『厲害』的『厲』，用錯了，不應該是『利益』的『利』。這個我知道。」

媽媽說：「這個『勵』和『厲』，樣子很相像，讀音也一樣，常常有人用錯。也有人弄不清『利』字和『厲』字，這兩個字在普通話裏是同音字，但粵語就有點分別，一個讀『俐』（利），一個讀『例』（厲）。」

「所以請大師指教。」悟空道。

「這個問題不複雜，應該很容易弄個明白。」爸爸說，「右邊沒有力字的『厲』字是形容詞，部首是厂，意思是嚴格、猛烈、嚴肅，所以有形容嚴厲說話的『厲聲』、神色嚴肅的『厲色』、嚴格實行的『厲行』；還有，稱兇惡的鬼怪是厲鬼，把難以對付或忍受的人物或情況稱作厲害的，譬如厲害的一步棋、這人很厲害、天氣熱得厲害……『再接再厲』就是形容一次比一次

更努力更厲害。這個詞本來是寫公雞相鬥:接,是交戰;厲,是磨礪。公雞在交鋒前要磨快牠的利嘴,比喻一次又一次地繼續努力,勇往直前不停歇。」

「那麼有力字做部首的『勵』呢?不也是努力的意思嗎?」家傑問。

「『勵』是動詞,是去勸勉、激勵別人努力的意思,有『鼓勵、勉勵、勵志』這些詞,所以『再接再厲』不能寫成『再接再勵』,『鼓勵』不能寫成『鼓厲』。」爸爸說。

「噢,『鼓勵』是去激勵、勸說失敗的人『再接再厲』、繼續努力⋯⋯」悟空反覆說着這一句,體會着兩個詞的不同意義不同用法。

　　「那麼，學生寫的『利害』呢？我聽説這詞和『厲害』可以通用的，是不是這樣？」媽媽問道。

　　「其實『利害』的本意是指利益和損害，是兩個反義字的組合，譬如我們説要考慮利害得失，他做事不計利害⋯⋯等等。但是它另有一用法，當把這詞讀成普通話的第四聲和輕聲（lì hai）時，它的意思與『厲害』相同，是通用的。這是一個很特別的用法。」爸爸解釋説。

　　「哈哈，今天學到不少，回去俺會向學生詳細解釋了。謝謝大師，謝謝各位！」悟空收起桌上的紙張，向大家告別。

重點字詞

再接再厲

意思： 勸勉人們繼續不斷努力，毫不鬆懈。

例句： 這次籃球比賽我們拿不到名次，別氣餒，**再接再厲**加強訓練，爭取下一次比賽中打得更好。

補充字詞

厲 粵 例 普 lì

部首： 厂

意思： （形容詞）嚴格、嚴肅、猛烈。

組詞： 嚴厲、厲行、雷厲風行、變本加厲

勵 粵 例 普 lì

部首： 力

意思： （動詞）勸勉、激勵他人振作精神。

組詞： 鼓勵、勉勵、獎勵、勵志

補充字詞

利 _粵俐 _普lì

部首：刀

意思：1.（形容詞，與「鈍」相對）鋒利、尖銳。

2.（名詞，與「害、弊」相對）益處、好處。

3.（動詞）使有利。

組詞：銳利、利刃；利益、有利；利人不利己

9

是濫竽充數 不是爛芋頭

家傑報了名提供下周討論會的主題。

到了星期六晚上八點整，人都來齊了，家傑拿着手機走到桌邊。

「家傑，今天你是主角了，帶來什麼有趣的故事？」悟空問他。

「不是故事，是一則佈告，是我看不懂的佈告。」家傑皺眉頭説。

「是嗎？那也有趣啊！讓人看不懂的佈告一定是出了問題的了！來，給我們一起來捉捉看！」媽媽説。

家傑説：「學校要分別成立中西樂隊，貼出了一張佈告，我把它拍下來了，其中有一句話我看不懂……」説着，他打開手機給大家看。

家俊大聲讀了出來：

佈告

　　為了豐富學生的課外活動，本校擬成立中西樂隊各一，歡迎具有演奏中西樂器技能的同學報名參加。參加者須通過技能測試，不能濫芋充數。

　　報名日期：即日起到下月十日

　　測試日期：下月十五日

　　此佈

校務處

　　家傑説：「這佈告的前面部分説得很清楚，我都明白。但是後面説『不能濫芋充數』是什麼意思？誰會帶着爛芋頭去參加樂隊？」

　　説得大家都笑了。悟空伸過頭去看佈告中用的字，問道：「果真用的是『爛芋』這個詞嗎？」

　　家俊把手機給他看，説：「是的，瞧，寫着的是『濫芋』呢！」

　　悟空也笑了起來：「這個字俺知道，該是竹字頭的『竽』，

好像是一種中樂器。校務處肯定寫錯，被家傑捉到了！」

　　媽媽說：「其實校務處的佈告中，前面都已經講得很清楚了，不用寫這最後一句，簡直是畫蛇添足，反倒自暴其短，寫了一個別字！」

　　爸爸說：「所以不了解成語的真正含意，就不要亂用，用得不當反而成了笑話。」

　　家傑問：「這竹字頭的『竽』究竟是什麼東西？怎麼會用在了一句成語裏？」

「説起來這是有一個歷史故事的，」爸爸説，「『竽』，粵語裏讀『如』，是一種中國古代的吹奏樂器，形狀似現在的笙，比笙大些，但是到了宋代已經失傳。相傳戰國時齊宣王很喜歡聽竽的大合奏，成立了一支三百樂工的樂隊時常為他演奏。有個南郭先生不會吹竽，卻混進樂隊去，每次演出時，裝模做樣地假裝吹奏。多年後齊湣王（湣，粵音敏）繼位，他不愛聽合奏，要樂工一個個獨奏。南郭先生知道混不下去了，便偷偷逃走了，所以留下這句成語『濫竽充數』。」

悟空説：「真有趣，原來真有這種假冒欺騙的事！」

爸爸問家傑：「現在你知道了『濫竽充數』這句成語的意思了吧？」

「知道了，是説沒有真本事的人，混在有本事的人中間充數。」家傑答道。

爸爸點點頭：「不錯，答得很對，看來你明白了。」

媽媽説：「家傑，你的牧童笛吹得不錯，可以去報名參加樂隊呀！」

家傑搖搖頭：「我的水平還差得遠呢，別去濫竽充數了！」

悟空誇道：「家傑學了就用，立竿見影啊！」

重點字詞

濫竽充數

意思：濫，與真實不符，引申為蒙混的意思。竽，一種簧管樂器。充數，湊數，指不會吹竽的人，混進樂隊湊數。比喻沒有真才實學的人混進來冒充有本領的人，或以次貨冒充好貨。

例句：他們掛着有機蔬菜的招牌，卻以普通蔬菜來**濫竽充數**，這是一種欺騙顧客的行為。

補充字詞

竽 粵如 普yú

部首：竹（⺮）

意思：（名詞）一種古代簧管樂器，形狀似笙。

組詞：濫竽充數

芋 粵互 普yù

部首：艸（⁺⁺）

意思：（名詞）多年生草本植物，塊莖橢圓形或卵形，供食用。

組詞：芋頭、洋芋、山芋

連篇累「讀」的 莘莘學子真辛苦

今天的主講是家俊。

他拿出一張作文紙，有點不好意思地說：「今天我要請大家來幫我做功課。」

家傑叫道：「啊？你的功課要大家幫着做？不可以的呀！」

媽媽為家俊解圍：「別急，先聽家俊講清楚。他一向是自己做功課的，不用別人幫。」

家俊說：「媽媽說對了，其實是我請大家幫着找兩個錯用詞，正好可以成為今天我們活捉隊的活動內容。」

爸爸說：「那很好，開始吧！看看是些什麼問題。」

家俊展開兩頁作文紙說：「上個星期我們的作文題目是《我的學校生活》，我寫了整整兩頁，說了自己在學校的學習、課外活動、同學之間的友誼等等。昨天老師發還了卷子，用紅筆圈出了兩個詞，要我自己想想怎樣改正。正好今天我們開會，我想讓

大家討論一下，我可以明白得透徹些。」

爸爸看了家俊的作文紙，在一張白紙上邊寫邊說：「家俊的老師用紅筆在這句話中圈了這兩個詞……」

> 學生們六年來連篇累讀了這麼多的書本，我們這些辛辛學子真是十分辛苦啊！

媽媽看出了問題，笑了起來：「家俊，你是在向老師訴苦啊！」

家俊理直氣壯地說：「可不是嗎？我們這六年裏讀過的書堆起來可能比我還高呢！整天上課讀書，回家又做作業，還有數不完的測驗、考試……做學生真的很辛苦啊！」

悟空說：「可是你不想想你學到了多少有用的知識？你們能在正規學校上學受教育，真是太幸福了！」

一直沒出聲的爸爸開口說：「現在的孩子都是生在福中不知福！去上學好像是件苦事，一聽到學校有事放假，都開心得不得了！真是好笑！從沒聽他們說過『真可惜，今天不能上學了！』這類的話。」

　　爸爸的話逗得大家都笑了，家俊說：「對呀，我們都是這樣的，每天上學很悶，都盼着放假呢！」

　　爸爸說：「言歸正傳，你真的不知道你這兩個詞錯在哪裏嗎？」

　　家俊搖搖頭。爸爸問：「誰來解釋？悟空，你來當一次老師，教教家俊吧！」

　　悟空說：「好，俺再來一次班門弄斧！第一個詞應該是『莘莘學子』，草字頭的『莘莘』是表示眾多的意思，不是辛苦的『辛』；第二個詞應是『連篇累牘』，『片』字部首的『牘』，不是言字部、讀書的『讀』。但這個『牘』字，俺就不會解釋了，好像也是書的意思吧？」

爸爸説:「悟空説得對!第一個詞也解釋清楚了。『牘』,是古代寫字用的木簡,一片一片的,所以是『片』字部首。『累』在這裏是重疊、堆積的意思。『連篇累牘』這個詞有貶義,形容文章冗長繁複,不精煉,很多是不必要的廢話。所以這詞語不能隨便用,你説別人的長文章連篇累牘,人家會不高興的。」

家俊大笑:「原來是這個意思!我還以為説讀了很多很多本書呢!」

爸爸説:「好吧,考考你們,假如形容一個人讀了很多書,該怎麼説?」

「滿腹經綸，一肚子學問！」

「博古通今，知識淵博！」

媽媽說了一個驚人的四字詞語：「立地書櫥！讀書太多，好像變成了書櫥！」

啊？有這個說法？大家都睜大了雙眼。

「有的，《宋史》中形容大學者吳時的！」媽媽解釋說。

爸爸舉起雙手：「大開眼界。你真是個博古通今的立地書櫥！」

重點字詞

莘莘學子

意思：莘莘，形容眾多。學子，學生（書面語）。很多學生的意思。

例句：每年九月一日照例是學校的開學日，**莘莘學子**都熱切盼望着這一天到學校去，開始新的學習階段。

連篇累牘

意思：累，重疊、堆積。牘，古代寫字用的木簡、書版。意思是文章寫得太長太臃腫，用了過多的篇幅敍述。帶有貶義。

例句：這套書**連篇累牘**寫的都是老生常談，沒有什麼心意，我看你不必買了。

補充字詞

莘 粵 新　普 shēn

部首：艸（＋＋）

意思：莘莘（書面語，形容詞），形容眾多。

組詞：莘莘學子

牘 粵 讀　普 dú

部首：片

意思：（名詞）古代寫字用的木簡、書版；文件。

組詞：文牘、尺牘、案牘、連篇累牘

1. 下面的詞語裏藏了錯別字，把它們都圈出來，然後在括號裏寫上正確的字。

    (1) 好高鶩遠（　　　）   (2) 舐犢情深（　　　）

    (3) 連篇累讀（　　　）   (4) 矛塞頓開（　　　）

    (5) 唾涎三尺（　　　）   (6) 競競業業（　　　）（　　　）

    (7) 拾金不味（　　　）   (8) 辛辛學子（　　　）（　　　）

2. 「垂」和「唾」可分別和哪些字搭配，組成有意義的詞語？把正確的配詞填在相應的空格內。

> 直　液　暮　危　棄　罵　下　沫

(1) 垂	(2) 唾

3. 選出適當的字，配成詞語，填在空格內，使句子意思完整。

(1) **勝、厭**

我不懂這篇古文，媽媽不 ⬚ 其煩地一次次為我解釋。

(2) **須、需**

校規是保障學校正常運作所 ⬚ 要的規章制度，每個學生
必 ⬚ 遵守。

(3) **竽、芋**

這個新鮮的大 ⬚ 頭的形狀好像一種叫 ⬚ 的中國古代
簧管樂器。

(4) **任、忍**

他 ⬚ 受着人們的誤解， ⬚ 勞 ⬚ 怨地工作着。

(5) **厲、勵**

弟弟近日熱衷於做科學小實驗，雖然有時會失敗，但他不
輕言放棄，再接再 ⬚ ，於是爸爸送了他一台玩具顯微鏡
當獎 ⬚ 。

理解錯誤
而致錯

排球不能 正中下懷

晚上八點鐘，大家都來齊了，家俊拉着家傑笑嘻嘻地走上前來說：「今天的討論題目有了，就在這裏！」

家傑不好意思地想往後退：「別拿我這事來說了，很難為情的。」

這樣一來卻引起大家的好奇心了，悟空向家傑說：「是你的故事嗎？不怕，講出來給大家聽聽，沒人會笑話你的，俺就一定不笑！」說着，他扮了一個緊閉雙唇的鬼臉，反倒逗得家傑先笑了起來。

家傑變得輕鬆了，說：「好吧，哥哥你說吧，無所謂的。」

媽媽也說：「我們不僅僅要活捉別人用錯的詞語，也要捉自己的呀！沒什麼不好意思的，經過討論明白了就學到了東西，是好事啊！」

家俊開始講故事：「今天下午，我和我們學校排球隊的幾個隊員在操場一起打排球，家傑也跟着我去，說想一起玩玩。我們分為兩邊比賽，反正不是正式練球，就讓他也上場，站在我旁邊

的位置……」

　　爸爸說：「家傑也跟着排球好手哥哥上場比賽了，是不是鬧出了什麼笑話？」

　　家俊說：「家傑平時也常常跟我一起玩排球的，所以也有些基本功，不是濫竽充數，他應付得不錯。後來，對方一個高球扣殺下來，正好打在家傑胸前，他反應很快，立刻雙手一托把球抬了起來，前排的扣球手就一個狠狠的扣殺打過去，贏了一分！」

　　悟空說：「家傑不是打得很好嗎？哪有什麼笑話？」

　　家傑掩嘴笑，家俊接着說下去：「好笑的是當時我就在家傑身邊，他回頭對我說：『哈哈，好驚險，這球殺過來正中我下懷，差點沒接到……』把我差點笑彎了腰！」

悟空有些不明白，問家傑：「你的意思是說這球來得好，正是你想要的？」

家傑說：「不是，我是說這球剛好打到我懷中，這不是『正中下懷』嗎？我在《老夫子》漫畫中見到過這個詞。」

這下就引得大家哈哈大笑了。媽媽說：「《老夫子》漫畫中是這麼解釋的嗎？你一定沒有好好看懂。」

爸爸說：「家俊，既然你知道他理解得不對，你來解釋一下。」

家俊搖搖頭：「我只知道他用得不對，『正中下懷』不能用來形容球打入懷，好像是說遇到了自己想要的事。」

「對呀，」爸爸說，「你的理解是對的。這個詞中的關鍵字是『懷』，家傑僅僅是把它理解成『懷抱、胸前』的意思，那是它的具體含義；它另有一種比較虛的意思就是『心懷、胸襟』，我們不是常說此人『胸懷坦蕩、胸懷寬廣』或『胸懷狹窄』嗎？不是真的指他的胸部很寬或是很窄，而是形容他的心胸度量、他的精神面貌。『正中下懷』裏的『下』是謙稱自己，『懷』是心意的意思。所以這個詞的含義是『剛好符合我自己的心意』，後來也用以形容符合別人的心意。」

家俊和家傑點頭表示明白，悟空說：「那麼，假如家傑覺得

這個球來得很好，正是可以讓他表現一下自己的技能，就說『這球來得正中下懷』，可以嗎？」

媽媽笑道：「大聖，你這是要為家傑辯護啊！」

爸爸說：「從語法上看，是說得過去的；但是聽起來很彆扭，很容易被人認為你是像家傑那樣誤解了這詞的意思。同樣的含義可以用『如願以償、心滿意足、稱心如意』等等。」

家傑舉手說：「應該說：我很喜歡打排球，今天哥哥說要帶我去練球，正中下懷，我很高興。」

「對呀，用得好！」爸爸誇他。

字詞檔案

正中下懷 （中：粵 眾 普 zhòng）

意思： 中，剛好對上。下，謙稱自己。懷，心意、心懷。意思是正好與自己心目中的意願相符合，合乎自己的心意。

例句： 哥哥聽說「不到長城非好漢」，但一直沒有機會去。這次暑假遊學北京，正中下懷，他立刻報名了。

中 粵 眾 普 zhòng

意思： 1.（動詞）剛好對上、正合上。

2.（動詞）得到。

3.（動詞）受到、遭受。

組詞： 中選、猜中；中獎、中計；中暑、中毒

懷 粵 淮 普 huái

意思： 1.（名詞）胸部、胸前。

2.（名詞）心懷。　　3.（動詞）思念。

組詞： 懷抱、懷錶、胸懷；壯懷、正中下懷；懷念

入木三分不是真的入木嗎?

又是周末了,晚上用過晚餐,家俊家傑兄弟倆在客廳一角玩擲飛鏢遊戲,這是他倆喜歡的活動,兩人常常比賽投擲十次裏面誰的分數高,爸媽也常參與。

不到八點,桌上的《西遊記》就閃閃發光,孫悟空手提金箍棒從書中蹦了出來,向大家打招呼説:「各位晚上好,吃了晚飯嗎?」

家俊説:「吃了,爸媽還在忙,你來和我們一起玩一會兒吧!」

悟空興致勃勃地看着兄弟倆在輪流投擲,不由得手發癢,説:「讓俺來試試!」

家俊遞給悟空一把飛鏢,他對準了牆上掛着的圓形靶子飛出一鏢,誰知還沒到達靶子就掉在了地上。

家傑提醒他：「扔得太輕了，用力！」

悟空用力又投出一枝飛鏢，但卻飛得太高，出了靶子的分數圈。

剛好爸爸走過來，隨手拿起一枝飛鏢，對悟空說：「扔飛鏢時手腕要放鬆，瞄準靶子中心，手腕一抖，此時用力扔出。瞧！」說着爸爸扔出了手中的飛鏢，「啪」的一聲，飛鏢直插靶子中央。

「好！」大家拍手一齊歡呼。家俊走到靶子前去拔那枝飛鏢，卻拔不出來。

悟空說：「大師厲害！一投飛鏢入木三分，俺來拔吧！」

爸爸大笑說：「悟空，今天的討論會要把你當靶子了！」

家俊家傑兄弟倆莫名其妙，不解地望着爸爸。

悟空說：「俺說錯了什麼嗎？」

媽媽從廚房走了出來，說：「我也聽到了，今天悟空要做討論會的主角了，我準備的題目就放到下次吧！」

悟空抓抓腦袋：「噢，俺知道了，是不是俺說的『入木三分』用錯了？」

爸爸招呼大家說：「大家坐下，現在活捉會開始，先請媽媽講個故事給大家聽。」

媽媽開口說道：「大家都知道，東晉有位大書法家王羲之，他從小拜名師學習書法，自己又刻苦練習，據說他曾經天天在一個水池邊練字，順手就在池水中涮筆，結果一池清水都被他染得墨黑！他平日念念不忘揣摩每個字的筆畫結構，常在身上用手指畫字，日子一長，衣服都被他劃破了。如此勤學苦練的結果，他寫的字既秀麗灑脫，又蒼勁有力。有一次他剛在一塊木板上寫好了字，刻字工人發現他寫字的墨跡竟透入木板達三分之深，可見王羲之的書法功夫到家。他被人尊稱為『書聖』是名副其實的。」

媽媽講完了故事，家俊說：「那大聖說得沒錯呀，『入木三分』真的是說深入木板三分深呀，就像剛才爸爸投擲的飛鏢那樣！」

爸爸笑着說：「是的，這個詞的本意是如此，但是後人把它轉了意思，用作一句成語，比喻人們評論時寫的文章或是說的話分析透徹深刻、擊中要害，這才是『入木三分』的現時用法。」

悟空恍然大悟道：「原來如此！俺鬧了個笑話！」

爸爸說：「也不盡然如此，假如說是玩笑話，也講得過去。」

家傑搖搖頭：「這詞很容易被人誤解，我也以為大聖形容得

很對呢！」

　　媽媽説：「是的，大家常常犯這種望文生義的毛病，單看文字來理解表面的意思。」媽媽啟發道，「想想，如果不用『入木三分』，我們還可以用其他什麼詞語來形容同樣的意思？」

　　家俊舉手：「我覺得『一針見血』比較好，直接明瞭。」

　　家傑表示同意：「對呀，抽血時護士一針下去，鮮血就冒出來了，説明針扎對了地方，很容易明白呀！」

　　「還有，『一語道破』！」

　　「『一語中的』！的，就是靶心。」

　　「文縐縐的有『鞭辟入裏』！」媽媽補充。

　　悟空自言自語：「今天才知道，『入木三分』不能真的用來形容打入木板！」

重點字詞

入木三分

意思：原指書法的筆力雄健，後用以比喻分析問題透徹深刻，或是描述刻畫逼真傳神。

例句：這幅肖像畫精確地刻畫出人物的英雄氣概，逼真傳神、入木三分。

一針見血

意思：比喻直截了當指出要害，分析評論簡明扼要，點明實質。

例句：這篇文章一針見血地指出了當前社會的弊病，值得一讀。

始作俑者作的不是好事

討論會開始，媽媽說：「上次我讓給了悟空，這次誰也別想搶我的活捉機會了！」

主席爸爸說：「沒人搶你的，說你的故事吧！」

大家都坐了下來注意聽講。

「我們公司有個同事下個月結婚，她的年齡比較大，這次成家，大家都為她高興，就想一起給她買一套廚房用具作為禮物，意思是要她為小家庭好好做一名『煮婦』。上星期我有幾天出差不在港，這件事是楊秘書在手機上告訴我的，現在我請大家看看我和秘書的這段對話……」說着，媽媽打開手機出示給大家看：

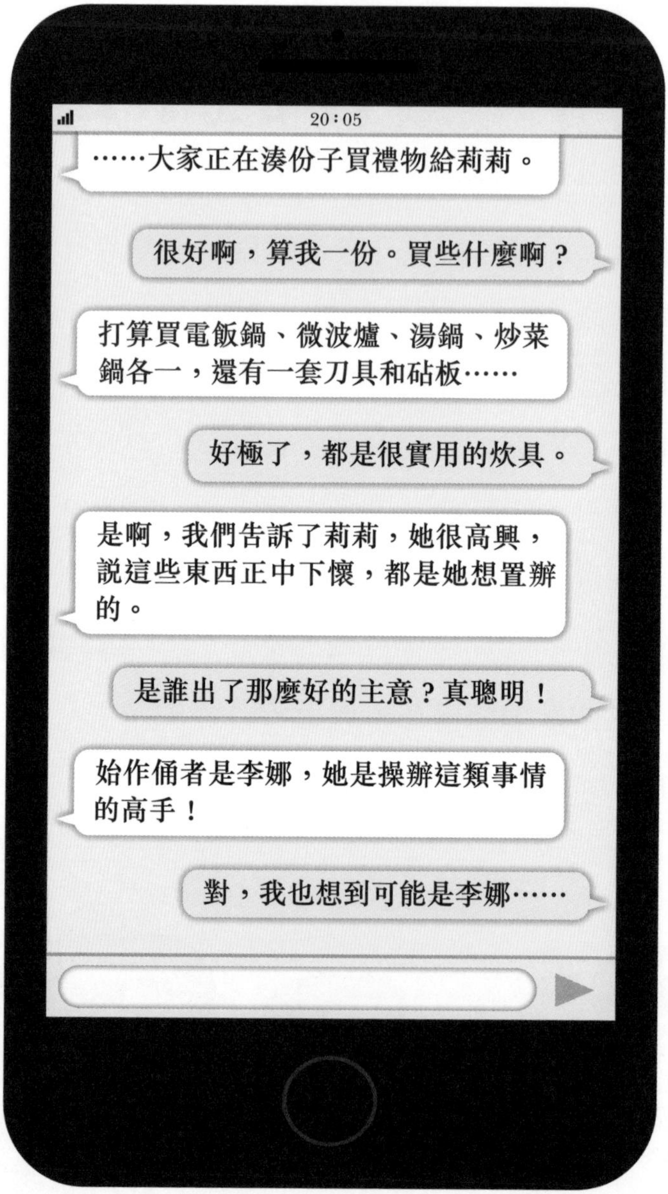

20：05

……大家正在湊份子買禮物給莉莉。

很好啊，算我一份。買些什麼啊？

打算買電飯鍋、微波爐、湯鍋、炒菜鍋各一，還有一套刀具和砧板……

好極了，都是很實用的炊具。

是啊，我們告訴了莉莉，她很高興，說這些東西正中下懷，都是她想置辦的。

是誰出了那麼好的主意？真聰明！

始作俑者是李娜，她是操辦這類事情的高手！

對，我也想到可能是李娜……

媽媽讀完了這段對話，問大家：「看看，應該捉出哪個錯用詞語？」

家傑首先發言，他用手指一行行指着説道：「這『湊份子』應該説得通吧，是湊錢的意思。幾樣東西的名稱也對。『正中下懷』上次剛學，用在這裏很合適啊！『置辦、操辦、高手』我不太有把握……這『始作俑者』我沒見過，不知道什麼意思。」

爸爸望着家俊問道：「你説呢？」

家俊説：「我看別的都沒有問題，最可疑的是這個『始作俑者』，我也沒學過，是不是『發起人』的意思？」

悟空沒等主席指名問他，立即舉手説：「這個詞語對俺來説也很陌生，不知道是什麼意思、怎麼用。估計應該捉出來的就是它！」

爸爸説：「學習這個詞語，首先要知道，什麼是『俑』？」

家傑搶着回答説：「我知道，俑就是做得像真人那樣的泥人，就像秦代的兵馬俑。」

爸爸解釋説：「對，古代把木製或陶製的俑代替真人作陪葬，孔子反對這樣做，他曾經説首先發明用俑陪葬的人，一定會沒有子孫後代的，這是報應。後人就用這『始作俑者』來比喻首先做壞事的人，或是某種惡劣風氣的首創者……」

悟空説：「哦，俺明白了！所以提議湊錢買了新娘中意的結婚禮物是一件好事，不能説那個李娜是始作俑者。」

媽媽説：「對呀，所以我一看到楊秘書寫的這句話就想：哈哈，這次活捉會有題材了！」

爸爸説：「很多人不了解這個詞語的真正意思，往往誤用到做好事的人身上，真是冤枉了好人啊！」

家傑問：「那麼首先做好事的人應該怎麼稱呼啊？」

爸爸指名家俊回答。家俊説：「應該稱作：倡議人、倡導人、發起人……」

悟空補充説：「領導人、開路人、帶路人、領頭人……」

「對，對，你們説得都很對！」爸爸稱讚道。

發起人

重點字詞

始作俑者

意思：俑，古代木製或陶製的偶人，用以作陪葬物。比喻不好的事情或惡劣風氣的創始人。

例句：很多旅遊聖地都被一些遊人寫上或刻上「某某某到此一遊」的字跡，破壞了自然風景和歷史文物，始作俑者是那些沒有公德心的人。

別具匠心的製作
不是別有用心的啊！

今天是家俊報告活捉錯用詞的戰果。

他拿出一張作文紙説道：「我們學校上個月舉辦了開放日，學生們各自帶着自己的家長來學校參觀，看看同學們的學習成果。事後語文老師出了作文題就是《學校開放日》，要我選出幾篇作文編出一期校報。黃明智的這篇作文寫得很全面很詳細，説了文娛節目的匯演、各個展覽室的活動，還有家長的感想等等。我選了想採用。但是其中有一句話我覺得不太妥當，今天拿出來請大家討論一下。」

説着，家俊指着作文紙中的一段文字讀道：「……學生作品展覽室裏展出了同學們的學習成果，除了學業成績之外，還有很多科學和藝術作品，譬如幫助老人上下樓梯的手杖、用毛線編織的人物肖像、各種動物造型的燈籠等等，都是同學們別有用心手工製作的精品……」

　　家俊讀到這裏，家傑還沒反應過來，其他人都哈哈大笑，悟空說：「家俊捉得好！這最後一句有問題，怎麼能說同學們別有用心製作了這些精品呢！俺知道，應該說『別具匠心』呀！」

　　家傑反駁說：「沒錯呀，同學們是非常用心地用手做出來的呀！通常不是都要我們用心讀書、用心做功課、用心做每件事的嗎？『匠心』是什麼意思？」

　　家俊說：「可是這個『別有用心』裏的『用心』好像不是這

個意思，我覺得是指做壞事的。」

爸爸笑道：「家傑這個問題問得好！家俊的感覺也是對的，悟空也改得合適。關鍵在於我們要知道『用心』這個詞有兩個截然不同的意思，通常要你們用心讀書、用心做事的『用心』，是指要集中注意力、多用心力、認真做事；而『用心』另有一個意思是『居心、存心』，譬如『用心險惡、別有用心』，都是帶有貶義的。『別有用心』指的是説話或行動時心中另有打算，懷有不可告人的目的或企圖，所以這位黃同學把它用在文章中形容學生們的作品就不合適了。」

媽媽説：「剛才悟空説用『別具匠心』就很好，『匠心』是指巧妙的心思。大家想想，假如黃同學在文章中要描述學生作品有創意，除了『別具匠心』之外，可以用哪些詞語呀？」

悟空説：「好像還可以説『匠心獨運』。」

家傑不甘落後：「別出心裁、別具一格、與眾不同！」

家俊也不示弱：「別開生面、別有風味、構思巧妙！」

爸爸也舉手：「我也來湊幾個：別樹一幟、獨創一格，還有不落俗套，或是不落窠臼（粵音科舅）。」

兄弟倆聽不懂了：「什麼窠臼？」

爸爸解釋説：「這是個書面詞，窠臼本是鳥獸昆蟲的窩，比喻作現成的格式，『不落窠臼』就是擺脱舊格式，自成一格。」

悟空説：「哇，學了一大堆詞語！」

媽媽説：「這就叫『眾人拾柴火焰高』！」

重點字詞

別有用心

意思：指言論或行動中另有企圖，心中另有打算。

例句：一些**別有用心**的人藉社會經濟下滑挑動民眾對政府的不滿，造成社會分裂，我們要警惕啊！

別具匠心

意思：具有與眾不同的巧妙構思，形容在技術和藝術方面的獨創性。

例句：這座雕像利用樹根的自然形狀雕成，真是**別具匠心**。

補充字詞

用心

意思：1.（形容詞）集中注意力，多用心力。

2.（名詞）居心、存心。

組詞：用心學習、用心聽課；用心險惡、用心不良

匠心

意思：巧妙的構思和設計。

組詞：匠心獨運、獨具匠心

15

三人團結成不了虎

今晚八點鐘，孫悟空從發光的《西遊記》中一跳出來就興致勃勃地說：「今天該輪到俺主講了！」

家俊調皮地作了一個請悟空入座的手勢說：「是的，請大聖坐下，我們洗耳恭聽！」

大家圍着圓桌坐定，悟空開始講述他的「活捉」經歷：「我們居住的花果山是猿猴們的天下，向來和平寧靜、平安無事，不料上個月卻發生了一件可怕的事⋯⋯」

家傑聽得緊張，不由得「喔唷」一聲喊了出來。家俊拉住他的手，示意他安靜下來。

「事情是這樣的，」悟空繼續道：「那天，一隻淘氣的小猴離開了家，獨自走出去閒逛，他的母親到處找他，最終在密林裏發現了兒子被吃剩的屍體！這件慘案驚動了整座花果山，俺們這

裏從來沒有過這種事呀！幾位長老來到現場觀察，從腳印判斷是一隻大豹幹的。後來幾天，也陸續有猴子來報告説遠遠見到一隻大花豹的蹤影，估計是在附近尋找食物，這將對猴羣的安全造成極大的威脅。於是長老和俺商量後一起召開了一個羣猴大會商量對策。」

悟空一口氣説了這麼多，停下來喝了口水。家傑着急地問：「想出辦法了嗎？消滅大豹了嗎？」

悟空接着説下去：「會上大家議論紛紛，最後達成兩項決議：一是由俺去上報玉皇大帝，查明花豹的來歷；二是猴羣要組織起來，分成不同的小隊，緊密聯絡，守望相助，一家有事，羣猴迅速前來協助……」

「最後解決了嗎？」家俊也忍不住追問。

「玉皇大帝一查，這隻花豹原來是二郎神以前的坐騎，生性狂野不服領導，被驅逐出天界後到處亂竄，現已令二郎神收服牠回宮。所以幸好沒為我們造成更大的災難。」悟空説。

大家都鬆了一口氣，家俊問道：「那麼這件事和你的『活捉』活動有什麼關連呢？」

悟空笑道：「家俊問得好，俺説得有些走題了，趕快言歸正傳。在大家討論的時候，有位長老猴説：古語説得好——三人成

虎，只要俺們團結起來，大家的力量大，不怕一隻豹來作亂的！你們看，他講得對不對呀？」

家傑說：「三人成虎，不就是說三個人團結起來就好像老虎一樣有力量了嗎？就好像我們常說的『三個臭皮匠賽過諸葛亮』！」

媽媽笑道：「家傑，你又在發揮你的詭辯技巧了！『三人成虎』完全不是你理解的那樣啊！」

家俊說：「媽媽最擅長講故事了，請媽媽講講！」

媽媽說：「這是《戰國策》裏的一個故事，話說魏國大臣龐蔥受命護送王子到趙國，臨走前他對魏王說：『有人說街上有老

虎，你信嗎？』魏王說不信。『又有人來說街上有老虎，你信嗎？』魏王說：『那我就半信半疑了。』『如果第三個人來說街上有老虎，你信嗎？』魏王說：『那我就相信了。』龐蔥以此來勸說魏王在他走後別聽信別人說他的壞話，因為說的人一多，謠言往往會被誤解為真事。」

悟空說：「俺只知道『三人成虎』不是團結的意思，原來還有這麼一個故事呢！」

家傑說：「原來如此！所以三人團結成不了虎，三人說有虎就真的有老虎了！」

「哈哈哈！家傑真會總結！」

重點字詞

三人成虎

意思： 接連有三個人謊報說街上有老虎，聽的人就會信以為真。比喻說的人一多，就能迷惑視聽，誤以為謠言或訛傳是真實的事情。含義是人言可畏。

例句： 不要再傳播這個不實的資訊了，本來沒有此事，傳來傳去，三人成虎，人們就會以為確有此事了。

不要用錯敬辭和謙辭呀！

本周的「活捉」會前，爸爸主席就通知了大家：這次你們都不用準備，會上有好戲看！

好戲！什麼好戲？大家都拭目以待。

聽説開會有戲看，孫悟空這次就從懷中變出了一大堆花果山生長的野果子，説：「一邊看戲一邊吃果子！」

八點鐘一到，主席爸爸出來宣布説：「今天請你們觀看我和媽媽合演的短劇，你們每人要準備一張紙，記下劇中用得不對的詞語，看誰活捉得最多最準確！」

哈哈，這麼有趣！大家更是望眼欲穿了。

爸爸轉身走進身後的房間，不一會兒從房間裏走出來兩個彎腰駝背的「老人」，男的嘴邊掛着一束白鬍子，女的包着一塊藍布頭巾。這不是爸爸媽媽扮的嗎？大家笑彎了腰。

只聽得白鬍子「老人」報幕：第一幕《問路》。

女：老頭子哎，去地鐵站怎麼走啊？

男：你這個老太婆，不會說話呀？

女：我八十歲了，不記得路了。你幾歲了呀？

男：我高壽八十三了。你貴姓？

女：貴姓李，大家都叫我李大媽。你姓什麼呀？

男：免貴姓王。李大媽，一直走就是地鐵站。

女：好吧，我走了。

白鬍子「老人」報幕：第二幕《探訪》。

只見「李大媽」從桌上抓起一把果子，作敲門狀。

男：哦，李大媽，你來拜訪我了，請進！

女：老王，你好嗎？我帶來一把新鮮果子給你嘗嘗。

男：好，小小薄禮何足掛齒。禮輕情意重，我嘗嘗。

女：（環顧四周）你家很漂亮，我光臨這裏，你家就更加蓬蓽生
　　輝啊！

男：無事不登三寶殿，你來幹什麼啊？

女：明天我們義工隊開會討論工作，希望你先發言，拋磚引玉！

男：我的高見一定對大家有所啟發。

女：還有，我下周去倫敦探親，你女兒在那裏，你有什麼事要拜
　　託我嗎？

男：等我想想再囑咐你吧。

白鬍子「老人」一把扯下臉上的鬍子宣布說：「短劇演完了！」

家俊家俊兄弟倆和悟空早已笑得喘不過氣來，即刻熱烈鼓掌，連聲叫好。

主席爸爸恢復了真面目，宣布說：「你們肯定都活捉到不少錯用的詞，現在要聽聽你們的了。」

家傑首先發言：「我只是聽着覺得好笑，記下的不多。先說一些吧。叫人家老頭子、老太婆是很不尊敬的；問路時要有禮貌，應該說『請問』之後要說『謝謝』。」

媽媽問：「那應該怎樣稱呼呢？」

家傑想了想說：「是不是叫老人家、老伯伯、老公公、老婆婆呢？」媽媽點頭表示贊同。

家俊接着說：「不能問老人幾歲，應該說『高壽啦？多大年紀了？』，自己不能說自己高壽，那是對別人的敬辭。」

家傑說：「還有，問姓名要客氣一點，要像老王那樣用『你貴姓？』，回答時老王說『免貴姓王』是很正確的，自己不能說我貴姓什麼什麼，聽起來太可笑了！」

爸爸說：「你倆都說得很好，『免貴姓王』是自謙的說法，

人家問你『貴姓』，你謙虛地回應說『免貴』，表示大家都一樣，在姓氏上不比別人尊貴。現在聽聽悟空在第二幕裏活捉到了些什麼。」

悟空看着手中紙上記下的，說：「這裏用錯了兩處『拜』，『拜訪』只能是去別人家訪問的人說的，受訪的人不能說『你來拜訪我』。『拜託』只能是要求別人幫忙的人說的，被託的人不能說『你拜託我做事』。」

爸爸問：「知道為什麼嗎？」

悟空答道：「因為『拜』是這樣的一個動作，」說着，他雙手一拱，作了一個揖，「是表示敬意的一種禮節，所以『拜訪、拜託』都是對別人的敬辭，不能用在自己。」

「還有，對別人送的禮物不能說『薄禮、禮輕情意重、何足

掛齒』，那只能是送禮人自己説的謙詞。」家俊説。

悟空補充：「只能主人家説『你的光臨令我家蓬蓽生輝』，客人不能説的。主人也不能很不客氣地問人家來幹什麼，要客氣地問『有何貴幹』？」

爸爸問：「誰有補充？還有沒有遺漏的？」

家俊説：「兩人用的『高見、拋磚引玉』都顛倒了，請人家發表高見，發言的人要説自己是拋磚引玉。最後的『囑咐』是長輩對小輩用的，在這裏不合適。」

爸爸很高興地説：「我們故意用錯的詞大家都捉出來了。知道我們的用意嗎？」

「知道！」大家異口同聲回答。家俊更是畫龍點睛：「我們平日説話要注意敬辭和謙辭的用法，不能用錯了鬧笑話。」

重點字詞

敬辭

高壽

意思：1.（形容詞）長壽、年紀大。

2. 專用於問老人的年紀。

例句：1. 他們全家幾代都很高壽。

2. 老大爺高壽啦？

貴姓

意思：用於問人姓氏。

例句：這位先生，請問貴姓？

高見

意思：高明的見解，用於稱讚別人的發言或意見。

例句：張教授，關於這個問題我們想聽聽您的高見。

謙辭

薄禮

意思：不豐厚的禮物。

例句：這一點薄禮，望你笑納。

禮輕情意重

意思：禮品雖很微薄，但是情意卻很深厚。也寫成「禮輕人意重」。

例句：好友從加拿大隨信寄來一張楓葉書籤，寫道：這是今年秋剛紅的楓葉，禮輕情意重。

何足掛齒

意思：掛齒，說起、提起。哪裏值得一提，是表示謙遜的客套話。

例句：區區小事是我應該做的，何足掛齒，不用多謝。

重點字詞

謙辭

蓬蓽生輝

意思： 蓬蓽，茅草屋，比喻窮苦人家。輝，光彩。這是一句
客套話，用於稱謝別人來到自己家裏，或是稱謝別人
題贈的字畫掛在自己家裏，給自己的家增添了光彩。

例句： 您的這幅畫掛在我家客廳，真是**蓬蓽生輝**。

拋磚引玉

意思： 比喻用自己粗淺、不成熟的意見引出別人高明的、成
熟的意見，表示謙虛。

例句： 我先說幾點粗淺的看法，**拋磚引玉**吧！

詞語練習2

1. 以下的四字詞語裏有些字跑掉了！把它們捉回來，在括號裏填上適當的字，組成四字詞語。

(1) 入木（　　）分　　(2) 正中（　　）懷

(3) 別有（　　）心　　(4) 別具（　　）心

(5) 始作（　　）者　　(6) （　　）磚（　　）玉

(7) 何足掛（　　）　　(8) 蓬（　　）生（　　）

2. 有些貶義詞偷偷混進褒義詞的隊伍裏了，圈出含貶義的詞語，揭開它們的真面目吧！

> 鼓勵　　兢兢業業　　趨之若鶩
>
> 心無旁鶩　　學富五車　　愚昧　　拾金不昧
>
> 匠心獨運　　連篇累牘　　任勞任怨
>
> 始作俑者　　別出心裁　　別有用心　　好高鶩遠

3. 以下每組句子都有一句用錯了詞語，你能捉出來嗎？用錯了的，在括號裏加✗；正確的，加✓。

(1) A：新年聯歡會組織得很好，始作俑者是劉主席。 ☐

　　 B：這場騷亂影響了社會秩序，始作俑者是那些黑幫分子。 ☐

(2) A：這些建築物微型雕塑製作得別具匠心，很有創意。 ☐

　　 B：這些建築物微型雕塑製作得別有用心，很有創意。 ☐

(3) A：對方雖然厲害，但是我們三人成虎，一定能打敗他們。 ☐

　　 B：關於這件事外面謠傳得很厲害，三人成虎，我們不要聽信，也不要傳播。 ☐

(4) A：你給我的新年禮物正中下懷，太感謝你了！ ☐

　　 B：你給我的新年禮物正合我意，你對我的了解真是入木三分！ ☐

(5) A：你們大駕光臨，使我家蓬蓽生輝！ ☐

　　 B：你們百忙中來拜訪我，還帶了禮物，禮輕情意重，我很感動！ ☐

不同地區
的不同詞意

暖心　窩心　不舒服

「恨」嫁是願意
　　還是不願意出嫁？

今晚的「活捉」會由媽媽主講。

大家坐下後，媽媽開口說：「最近我們公司來了一位剛從海外大學畢業的新職員，姓王。她的母語是普通話，粵語說得不太好，所以我們說的話她有些聽不懂。昨天下午茶的時間，大家在閒聊中就遇到一些有趣的詞語，需要我們為她翻譯……」

悟空很感興趣，說：「你一定記下來了吧？俺也很想知道，多學點粵語。」

媽媽說：「我當然記了下來，心想可以拿到我們的討論會上，讓家俊家傑也學些普通話詞語。」

家傑說：「好！哥哥一直說我的普通話很不像樣呢！」

媽媽就重述了下面一段交談：

陳：莉莉就要和她的男朋友「拉埋天窗」了，真是好事！她「恨」嫁已經好幾年了，這次終於找到了白馬王子！

王：什麼？莉莉她恨嫁人？她為什麼不願意嫁人？這次怎麼拉天窗？

楊：哈哈哈，這個「恨」不是真的恨，是「恨不得、很渴望」的意思，她一直想快快把自己嫁出去呢！「拉天窗」就是兩人要結婚了，進了洞房就要把房間的天窗關上，好好歡度二人世界！

王：原來是這樣！我還以為真的要關什麼窗呢！

李：這次大家「夾份」買的那套廚房用品是名牌，莉莉都很「鍾意」。她說她母親以前在街邊「舖頭」買的一些「賣大包」炊具都很「化學」，用不久就都爛了！

王：這些話我基本聽懂了，說我們湊份子買的禮品莉莉很滿意。「舖頭」就是商店吧？可是，「賣大包炊具」、「化學」是什麼意思呢？炊具怎麼會爛掉呢？

李：你已經能聽懂不少了，有進步！「賣大包」是指一些店舖用

很低的價格來招徠顧客,大包本是中式茶樓售賣的一種巨型包子。「化學」在粵語中的意思是物品不結實不耐用。這本是古代指那些魔術表演其實都是些虛假不真實、經不起推敲的動作。「爛」在這裏是指東西壞掉了,不是腐爛的意思,這是粵語的特殊用法。

王:噢,想不到普通話和粵語裏這些詞的意思那麼不同,若不是你解釋,真的是莫名其妙了!

陳:喔,楊秘書,這次購買禮品的錢我還沒有給你的,麻煩你代我墊付了,我一會兒就還給你。

楊:嗨,「濕濕碎」啦,別放在心上。

王：這「濕濕碎」，我又不明白了。

李：意思是一筆很小的數目，也可指一些零碎的小東西。

陳：聽說莉莉煮飯「炒餸」的手勢不錯，成家後當了主婦，她可以大顯身手了！

王：煮飯炒菜的手勢？你是指她的那些手部動作很好看？

李：這個「手勢」不是指手做出的各種姿勢，而是指技巧、本領。難怪你聽不懂了。

媽媽講完後悟空倒抽了一口氣說道：「哎呀，粵語和普通話用詞有那麼多的不同啊！那俺真要好好向你們學習了。」

爸爸說：「關於這方面的例子還有很多呢！大家感興趣的話，我們還可以討論幾次。」

大家都點頭說好。家傑也說：「我贊成！今天我也學了不少普通話詞語呢！」

　　粵語裏有些詞語和説法跟普通話不一樣，我們書寫時，宜使用規範書面語或普通話用詞，避免使用粵語用詞，以減少誤會。例如：

粵語用詞／說法	普通話用詞／說法
拉埋天窗	結婚成家
恨	渴望、極想、盼望
夾份	湊份子
鍾意	滿意、合心意
舖頭	店舖、商店
賣大包	以極低價格出售
化學	不結實耐用
爛	壞了
濕濕碎	零碎的東西、很小的數目
手勢	技能、技巧、本事

要我**檢討**工作
是**窩心**事嗎？

　　這周的活捉會上，主席爸爸説：「上次媽媽講的故事給了我啟發，在不同地區對一些詞的含義有不同的理解和用法，正好在我們編輯部也發生了一起同類的事情……」

　　悟空拍手叫好：「好啊！講來聽聽，俺可多學些粵語和普通話詞語。」

　　爸爸開始講述：「我們編輯部有一位中國內地的大學畢業生，姓張。她工作勤勤懇懇，很受大家好評。今年上半年她負責編輯了一套中學生課外讀物，書籍出版後，有一天社長把她叫去談話，之後她的情緒很不好，大家都很關心她，午飯時就有了下面這段交談……」

何：張小姐，見你從社長辦公室出來後「眼光光」的，發生什麼
　　事了？

張：還眼光光的？我雙眼發光？

朱：粵語裏說你「眼光光」的意思是見你在發呆、眼睜睜的。什麼事不開心啊？

張：社長的話讓我很窩心，我都想哭了呢！

何：社長的話讓你感到暖心？是不是給你升職加薪了？那為什麼想哭呢？

張：咳，我說的窩心是我心裏很不舒服，感到憋屈。

田：啊？你的「窩心」意思和我們粵語完全相反！那麼社長說了什麼讓你不開心了？

張：他說要我檢討一下這半年裏編輯這套課外讀物的工作，寫個報告給他。

何：是啊，我們每次完成一項大工程都要寫個報告檢討一下的。

張：我做錯什麼了呀？為什麼要我做檢討？我是費盡心思編輯這
　　套書的！

朱：我們都知道你是「扚起心肝」（扚，粵音的）做這件事的，
　　也做得很好。社長的意思是要你回顧這半年的工作，做一個
　　總結報告，不是說你犯了什麼錯。

張：「檢討」是這樣的嗎？通常我們是只有做錯了事才要做檢
　　討、自我反省，所以檢討是一件很嚴重的事啊！

田：那你真是誤解了社長的意思。

張：你這麼一解釋我就明白了。剛才我真是氣得想辭職轉工呢！

何：什麼？你想「跳槽」？千萬別這樣想，你做得好好的，我們
　　都很「鍾意」你呢。好了，解開了心結，一起去飲茶吧！

張：好，我也很喜歡你們，也喜歡喝茶，邊吃邊聊天，走吧！

　　爸爸講完後，家俊說：「哎呀，我真的不知道『檢討』這樣
的詞會被人這麼誤解，今天真是開了眼界！」

　　媽媽歎氣道：「看，不同地方對詞語的理解會有這麼大的不
同，語言真是夠我們學一輩子的！」

粵語裏有些詞語和説法跟普通話不一樣,我們書寫時,宜使用規範書面語或普通話用詞,避免使用粵語用詞,以減少誤會。例如:

粵語用詞 / 說法	普通話用詞 / 說法
眼光光	發呆、眼睜睜的
扚起心肝（扚,粵音的;指決定發奮、努力去做某件事）	用心、費盡心思
跳槽	辭職轉工
鍾意	喜歡
飲茶	喝茶

有時候,同一個詞語在不同地區或語言裏可有不同的解釋。例如:

詞語例子	粵語裏的意思	普通話裏的意思
窩心	暖心	（受到委屈後）憋屈、不舒服、不開心
檢討	回顧、總結	檢查自己的錯誤、尋找犯錯原因

「出貓」的時候
並沒有貓跑出來

本周的討論會上，家俊首先發言：「上兩次的聚會上，大家說到不同地區對一些詞語的意義有不同的理解，給我很大的啟發。最近，我也開始留意班上一些外地來的同學說話用的詞，和我們常用的很不同，有些我也記下來了，今天拿出來說給大家聽聽。」

爸爸笑道：「家俊對研究語言有興趣了！這是好事啊！」

家傑說：「哥哥快說來聽聽，可能我們班上也有這樣的情況呢！」

家俊絮絮道來：「我們班上有一個從台灣來的姓謝的同學，長着一副娃娃臉，很『得意』。他和我很談得來，可以說是我的一個好朋友。星期一數學考試後，他在小休時拉我到一旁悄悄對我說……」

「你知道嗎，剛才考試的時候，前面的明宏作弊了！」

「作弊？」我一時沒反應過來，不明白他的意思。

「作弊！就是他不老實，偷看別人的考卷。」

「噢，你是説明宏『出貓』了？」

「出貓？他沒帶貓來呀！」

我差點笑彎了腰：「『出貓』是粵語的説法，意思就是你説的作弊。怎麼，你看見了？」

「是呀，我看見他把頭伸過去偷看旁邊李玉珠的卷子。」

「不會吧，明宏很『醒目』，做什麼事都『好勁』，數學成績也不太差呀，今次怎麼會去偷看別人呢？要是『穿煲』了被老

師看見，判他零分，不是太『蝕底』了嗎？」

謝同學聽得似懂非懂的，但不太同意我，他說：「我看他平時常常吹噓自己怎麼怎麼厲害，其實並不一定是這樣。反正他真的是偷看了，你說要不要去告訴老師？」

「你說明宏平時愛『吹水』？我看他還是有些真本領的。你沒有證據就去告訴老師，不太好吧？」

「這事怎麼能有證據呢？不過我還是應該讓老師知道，請她注意一下……」

「後來怎麼樣？老師是不是查出來明宏作弊了？」家傑迫不及待問道。

家俊說：「謝同學告訴了老師，老師找明宏談了一次話，不知道結果怎麼樣。」

悟空對家俊說：「剛才你和謝同學的對話中有好幾個詞俺也不明白：你說他很『得意』，是不是他常常一副洋洋得意的樣子？」

「不是，他是很謙虛的。說他『得意』是指他長得很可愛，一副天真的娃娃臉很有趣。」家俊說。

「還有，為什麼粵語把作弊說成是『出貓』？這跟貓有什麼

關係?」悟空問。

爸爸解釋説:「貓,在口語中也有躲藏的意思。『出貓』就是考生把寫着答案的紙條藏在身上進考場,考試時偷偷把它拿出來,就叫『出貓』了。」説得大家都笑了。

悟空又問:「你説的『醒目』,是不是很惹人注目?好比穿了一件顏色鮮豔的衣服……」

「不是不是,『醒目』在粵語裏是很機靈很聰明的意思。」家傑忙着解釋。

「那麼,你最後説的『穿煲』和『蝕底』又是什麼意思呢?」悟空問。

媽媽回答説:「『穿煲』就是被識破、被拆穿的意思,好比一隻煮湯的鍋破裂了湯水就跌出來了。比喻秘密暴露了,這樣原本想騙人的人就吃虧了、蝕本了。」

悟空吁了一口長氣:「哦,看來粵語真是難學,很多詞語的意思和俺們通常理解的不一樣啊!」

字詞檔案

　　粵語裏有些詞語和説法跟普通話不一樣，我們書寫時，宜使用規範書面語或普通話用詞，避免使用粵語用詞，以減少誤會。例如：

粵語用詞／說法	普通話用詞／說法
出貓	作弊
好勁	很厲害
穿煲（湯鍋破裂，比喻隱蔽的事情暴露）	被識破、被拆穿
蝕底	吃虧、蝕本、賠本
吹水	1. 閒聊、談天説地 2. 吹噓自己、説大話（此為故事裏「吹水」的意思）

　　有時候，同一個詞語在不同地區或語言裏可有不同的解釋。例如：

詞語例子	粵語裏的意思	普通話裏的意思
醒目	聰明、機靈	惹人注目、形象鮮明易看清
得意	可愛、有趣	稱心如意、感到非常滿意

20

俺們 是誰呀？

年底的一次「活捉」會上，主席爸爸說：「這是本年度的最後一次聚會了，今天我們來一次自由談，大家可任意發言。」

家傑首先舉手說：「好，我贊成！我有個問題一直想問問大聖，可以嗎？」

爸爸說：「當然可以。」大聖也說：「歡迎家傑兄弟提問。」

家傑問悟空：「你常說『俺怎麼怎麼，俺們怎麼怎麼』，我猜到這俺和俺們是我和我們的意思，但是為什麼你這樣說呢？」

爸爸笑道：「家傑這問題問得好，這其實也是關係到不同地區的不同用詞，所以可作為今天討論的主題。請悟空回答吧！」

悟空說：「家傑好細心啊，留意到俺說話的用詞。在俺們北方，口語中稱自己是俺，就是標準語的『我』，俺們就是『我們』的意思了，但是不包括聽到這話的人，俺說『俺們』就是指花果山的羣猴們。俺說習慣了，可能你聽起來感到彆扭吧？」

爸爸說：「哦，這『俺們』就和普通話中也常用的『咱們』不同了，說『咱們』就一定包括對方。」

家傑沒聽懂，疑惑地望着爸爸。

爸爸就解釋說：「我舉個例子你就明白了。譬如我說：『現在咱們開會吧！』就是指在場的所有人。假如我對家傑說：『現在我們要開會了，家傑你回房間去做功課吧！』這句話中就不能用『咱們』了。粵語中是沒有這種區別的。」

媽媽說：「我來說一件趣事：有一天，我們辦公室的一個女孩帶來一盒蘿蔔糕給大家吃，說『這是我奶奶做的，請大家嘗嘗。』我們都驚訝地問她：『你有奶奶了？什麼時候結婚的？』她感到很奇怪，說：『你們說什麼呀？奶奶就是我爸爸的母親呀！』大家這才恍然大悟，原來她說的奶奶就是祖母，也就是我們粵語中的嫲嫲、阿嫲。我們告訴她說，粵語中把丈夫的母親稱作奶奶，她這才明白我們為什麼那麼吃驚。」

悟空問道：「那麼，妻子把丈夫的父親叫做什麼？」

媽媽回答說：「叫老爺。奶奶和老爺。」

悟空說：「聽起來和俺們叫外公差不多，俺們把外公、外婆

叫做姥爺、姥姥。」

家俊説：「對，對，我們班上的一個女同學説她的姥姥姥爺結婚五十年了，起初我聽不明白，後來才知道這是在説她的外公外婆，也就是我們説的公公婆婆，也有人叫作阿公阿婆的。」

爸爸問大家：「再想想，還有什麼稱呼是不同的？」

悟空問家俊家傑：「假如你們到同學家去玩，見到他的父母，應該怎麼稱呼？」

家俊想了想説：「通常我叫他們伯伯、伯母，或是稱『世伯』更是尊敬一些。平時見到爸爸的朋友，假如看起來比爸爸年紀大的，我們都稱『世伯』或是伯伯；比爸爸年輕的，就可稱他叔叔。爸爸的弟弟都是叔叔。」

悟空點點頭：「這跟俺們差不多。母親的姐姐是姨媽，母親的妹妹是阿姨；父親的姐姐是姑母，父親的妹妹是姑姑。對嗎？」

家俊説：「爸爸的姐姐我們叫姑媽，爸爸的妹妹叫姑姐，有點不同。」

家傑説：「聽得我都頭暈了，有這麼多的不同！」

悟空説：「這才好啊，學到了這麼多的詞語！」

爸爸説：「好吧，今天就談到這裏。遲些給大家一個練習，鞏固一下學習成果！」

　　粵語裏對親友的稱謂跟普通話不一樣，加上同一個詞語在不同地區或語言裏可有不同的解釋，我們書寫時，宜使用規範書面語或普通話用詞，避免使用粵語用詞，以減少誤會。例如：

人物	粵語用詞／說法	普通話用詞／說法
父親的父母	爺爺、嫲嫲	爺爺、奶奶／ 祖父、祖母
母親的父母	公公、婆婆／ 阿公、阿婆	外公、外婆／ 外祖父、外祖母／ 姥爺、姥姥
丈夫的父母	老爺、奶奶	公公、婆婆
父親的哥嫂	伯伯、伯娘	伯伯、伯母
父親的姐妹	姑媽、姑姐	姑母、姑姑
同學或朋友的 父母	世伯、伯母／ 叔叔、姨姨	伯父、伯母／ 叔叔、阿姨

詞語練習3

1. **以下句子中紅色的粵語用詞，在普通話裏應該怎麼說？寫在空格內。**

   (1) 這家舖頭的包子又大又香，我很鍾意吃。

   (2) 我們家換了新的電視機，怎料它很化學，用不到幾天就爛了。

   (3) 一塊錢看起來是濕濕碎，但是積少成多，一段時間後可成為一筆可觀的財富。

2. **推測以下句子中綠色詞語的意思，寫在橫線上。**

   (1) 你説別人常常不相信你説的話，不如你檢討一下自己為什麼給人不可信的印象。

   「**檢討**」的意思：＿＿＿＿＿＿＿＿＿＿＿＿＿＿＿＿＿

   (2) 那家正在裝修的商店已掛上醒目的招牌和宣傳海報，看來快要開業了。

   「**醒目**」的意思：＿＿＿＿＿＿＿＿＿＿＿＿＿＿＿＿＿

(3) 今日坐車回校時，由於乘客太多，我不小心碰了一下前面
的大叔，竟被罵了一頓，真是窩心。

「窩心」的意思：_____

(4) 哥哥寫書法時很認真，常常寫了很多張，才有一張他認為
得意的作品。

「得意」的意思：_____

3. 粵語和普通話裏的家族稱謂，有些說法一樣，也有些說法不一
樣。以下粵語稱謂在普通話裏可以怎麼說？寫在空格內。

(1) 老爺	(2) 奶奶

(3) 公公	(4) 婆婆

(5) 姑媽	(6) 姑姐

(7) 世伯	(8) 伯母

尾聲

　　孫氏全家與孫悟空聯合舉辦的「活捉錯用詞」活動在年底結束了。這些日子裏大家在各自的生活中捉到了一些人們常用錯的詞語，有的是因為音形義相近而弄錯的，有的是因為理解內容錯了而用錯的，也有一些是因為不同地區人們的習慣用法不同而造成了誤解的。他們的討論形式多樣活潑，有專題發言，有對話，有短劇，有爭論……大家學到了不少詞語知識，糾正了自己以前的一些錯誤認識，收獲良多。其中因為孫大聖的參與而興趣倍增，次次能欣賞大聖來去無影的筋斗表演，知悉大聖中文班的學習成果，還能不時嘗到花果山的應時鮮果……

　　大家對這次活動十分滿意，計劃來年將繼續「活捉」活動，那會是什麼內容呢？讓我們拭目以待吧！

詞語大挑戰

1. 在空格內填上適當的字，組成四字詞語。

(1) 拾金不

(2) 雷 風行

(3) 連篇累

(4) 永 不朽

(5) 心無旁

(6) 不 感激

(7) 趨之若

(8) 防不 防

(9) 三人成

(10) 兵不 詐

(11) 一針見

(12) 學子

(13) 忍無可

(14) 勞 怨

136

2. **圈出正確的詞語，使句子意思完整。**

(1) 這項任務很緊急，你們（必需／必須）在一周內完成。

(2) 敵人來勢兇猛，前線的士兵人數不多，在援兵來到之前只能勉強（抵擋／牴擋）一陣。

(3) 母猴對幼猴關懷備至，這種（舔犢／舐犢）之愛令人感動。

(4) 聽了老師的講解，我（矛塞頓開／茅塞頓開），明白了這件事的科學原理。

(5) 我能不能（冒昧／冒味）問你一個問題？

(6) 這本（厲志／勵志）小説值得我們推薦給青少年閱讀。

(7) 這次露營活動只是去兩天一夜，你們不用帶太多東西，只帶（需要／須要）的就可以了。

3. 選出適當的詞語，填在橫線上，使段落意思完整。

(1) 競、勝、竿、兢兢

這次 _____ 技比賽給他的壓力很大，他做事一向 _____ 業業，這次不想濫 _____ 充數，於是日練夜練，終於他的體力不 _____ 負擔，累得病倒了。

(2) 唾手可得、垂頭喪氣、再接再厲、不厭其煩

上次球賽落敗後隊員們情緒不佳，個個 _____。經過張教練 _____ 地勸解，鼓勵他們 _____，加強訓練，後來終於取得了冠軍。勝利不是 _____ 的呀！

(3) 唾棄、獨具匠心、用心險惡、名垂千古

某位藝術家完成了一件雕塑品，惹來爭議。有人稱讚說這是一件將會 _____ 的作品，從內容構思到雕塑技巧，都是 _____ 的，一反傳統風格。但也有人抨擊說這是一件 _____ 的作品，表現出人性的醜惡，挑戰人們的底線，作品將會被人 _____。

4. 以下句子中紅色的粵語用詞是什麼意思？寫在橫線上。

(1) 這副**手襪**你用了很多年，已經**爛**了，買一副新的吧！

手襪：＿＿＿＿＿＿＿＿＿＿＿＿＿＿＿＿＿＿＿

爛了：＿＿＿＿＿＿＿＿＿＿＿＿＿＿＿＿＿＿＿

(2) 這種**賣大包**的貨品，都**很化學**的，別浪費錢去買！

賣大包：＿＿＿＿＿＿＿＿＿＿＿＿＿＿＿＿＿

很化學：＿＿＿＿＿＿＿＿＿＿＿＿＿＿＿＿＿

(3) 他捐的那些錢**濕濕碎**的，他用不着這樣到處説。

濕濕碎：＿＿＿＿＿＿＿＿＿＿＿＿＿＿＿＿＿

(4) 小表妹非常**恨**當公主，她幻想自己穿着公主裙的樣子一定很**得意**。

恨：＿＿＿＿＿＿＿＿＿＿＿＿＿＿＿＿＿＿＿

得意：＿＿＿＿＿＿＿＿＿＿＿＿＿＿＿＿＿＿

(5) 他想偷偷聯繫好新公司後就**跳槽**，不料事情**穿了煲**，被大家傳開了。

跳槽：＿＿＿＿＿＿＿＿＿＿＿＿＿＿＿＿＿＿

穿了煲：＿＿＿＿＿＿＿＿＿＿＿＿＿＿＿＿＿

參考答案

詞語練習1（P.72-73）

1. (1) 鶩→鷘

   (2) 舔→舐

   (3) 讀→牘

   (4) 矛→茅

   (5) 唾→垂

   (6) 競競→兢兢

   (7) 味→昧

   (8) 辛辛→莘莘

2. (1) 垂：垂直、垂暮、垂危、垂下、下垂

   (2) 唾：唾液、唾棄、唾罵、唾沫

3. (1) 厭

   (2) 需；須

   (3) 芋；竽

   (4) 忍；任；任

   (5) 厲；勵

詞語練習2（P.111-112）

1. (1) 入木三分

   (2) 正中下懷

   (3) 別有用心

   (4) 別具匠心

   (5) 始作俑者

   (6) 拋磚引玉

(7) 何足掛**齒**

(8) 蓬**蓽**生輝

2. 趨之若鶩、愚昧、連篇累牘、始作俑者、別有用心、好高騖遠

3. (1) A：✗；B：✓

   (2) A：✓；B：✗

   (3) A：✗；B：✓

   (4) A：✓；B：✗

   (5) A：✓；B：✗

詞語練習3（P.133-134）

1. (1) 店舖；喜歡

   (2) 不結實耐用；壞了

   (3) 很小的數目

2. (1) 檢查自己的錯誤、尋找犯錯原因

   (2) 惹人注目 / 形象鮮明易看清

   (3) 受到委屈後感到憋屈、不舒服、不開心

   (4) 稱心如意 / 感到非常滿意

3. (1) 公公

   (2) 婆婆

   (3) 外公 / 外祖父 / 姥爺

   (4) 外婆 / 外祖母 / 姥姥

   (5) 姑母

   (6) 姑姑

   (7) 伯父 / 叔叔

   (8) 伯母 / 阿姨

詞語大挑戰（P.136-139）

1. (1) 拾金不昧

　　(2) 雷厲風行

　　(3) 連篇累牘

　　(4) 永垂不朽

　　(5) 心無旁騖

　　(6) 不勝感激

　　(7) 趨之若鶩

　　(8) 防不勝防

　　(9) 三人成虎

　　(10) 兵不厭詐

　　(11) 一針見血

　　(12) 莘莘學子

　　(13) 忍無可忍

　　(14) 任勞任怨

2. (1) 必須

　　(2) 抵擋

　　(3) 舐犢

　　(4) 茅塞頓開

　　(5) 冒昧

　　(6) 勵志

　　(7) 需要

3. (1) 競；兢兢；竿；勝

　　(2) 垂頭喪氣；不厭其煩；再接再厲；唾手可得

　　(3) 名垂千古；獨具匠心；用心險惡；唾棄

142

4. 答案僅供參考：

(1) 手襪➡手套

　　爛了➡破了

(2) 賣大包➡廉價出售

　　很化學➡很不耐用

(3) 濕濕碎➡小數目

(4) 恨➡渴望

　　得意➡可愛

(5) 跳槽➡辭職轉工

　　穿煲➡秘密被拆穿、露餡

新雅中文教室
活捉錯用詞

作　　者：宋詒瑞
插　　圖：山　貓
責任編輯：陳友娣
美術設計：蔡學彰
出　　版：新雅文化事業有限公司
　　　　　香港英皇道499號北角工業大廈18樓
　　　　　電話：（852）2138 7998
　　　　　傳真：（852）2597 4003
　　　　　網址：http://www.sunya.com.hk
　　　　　電郵：marketing@sunya.com.hk
發　　行：香港聯合書刊物流有限公司
　　　　　香港荃灣德士古道220-248號荃灣工業中心16樓
　　　　　電話：（852）2150 2100
　　　　　傳真：（852）2407 3062
　　　　　電郵：info@suplogistics.com.hk
印　　刷：中華商務彩色印刷有限公司
　　　　　香港新界大埔汀麗路36號
版　　次：二〇二一年六月初版

版權所有・不准翻印

ISBN: 978-962-08-7779-7
© 2021 Sun Ya Publications (HK) Ltd.
18/F, North Point Industrial Building, 499 King's Road, Hong Kong
Published in Hong Kong, China
Printed in China